Diante dos meus olhos

Eduardo A. A. Almeida

DIANTE DOS MEUS OLHOS

Copyright © 2019 Eduardo A. A. Almeida
Diante dos meus olhos © Editora Reformatório

Editores
Marcelo Nocelli
Rennan Martens

Revisão
Marcelo Nocelli
Natália Souza

Imagem de capa
Felipe Góes, *Pintura n. 125*, Acrílica sobre tela, 60 cm x 50 cm
www.f-goes.com

Design e editoração eletrônica
Negrito Produção Editorial

Dados Internacionais de Catalogação na Publicação (CIP)
Bibliotecária Juliana Farias Motta (CRB 7-5880)

Almeida, A. A. Eduardo
  Diante dos meus olhos / Eduardo A. A. Almeida. – São Paulo: Reformatório, 2019.
  176 p. ; 14 x 21 cm.

  ISBN 978-85-66887-62-4

  1. Romance brasileiro. 1. Título.
A447d   CDD B869.3

Índice para catálogo sistemático:
1. Romance brasileiro

Todos os direitos desta edição reservados à:

EDITORA REFORMATÓRIO
www.reformatorio.com.br

Para cada "mundo" existe um antimundo e um contramundo. Para todo não-mundo, uma passagem. Implosão e explosão contínuas, instabilidade perpétua.

Instabilidade perpétua, Juliano Garcia Pessanha

Só vejo o que se apresenta bem perto de mim; o que vejo melhor, vejo mal.

O inominável, Samuel Beckett

E aqui nos vemos conduzidos ao paradoxo de que tenho relações reais com uma ilusão.

A busca do absoluto, Jean-Paul Sartre
(a respeito da obra de Alberto Giacometti)

Papai morreu ontem. O velório acontece ao redor. Estou sozinho num canto há sei lá quanto tempo. A bateria do celular morreu também, não tenho ideia de que horas são. Não importa, faz uma eternidade que estou aqui. Não foi fácil reorganizar a agenda. Papai deu trabalho inclusive na última chance que teve, para não perder o costume.

Bastante gente compareceu, papai fez mais amigos nos últimos anos. Não conheço nenhum destes velhinhos que entram de cabeça baixa e vão em silêncio até o caixão dar uma olhada no que o futuro breve lhes reserva.

Escolhem uma cadeira e ficam imóveis, as mãos na bengala, os olhos fechados, rezando, talvez cochilando em silêncio. Ao contrário do que supunha, saber que não ouvirei mais a voz de papai é um pouco angustiante. Observo o algodão em sua boca, está impedido de falar, a palavra final é minha. Ao mesmo tempo, vejo o algodão nos seus ouvidos, desnecessários, ele nunca me ouviu. Nada mudou desde a última vez.

Os amigos de papai não me reconhecem, a maioria nem sabe que existo. Ninguém veio perguntar nada, ninguém veio dar os pêsames.

Bebo café com leite morno, quase frio. É a pior temperatura, sinto mais o gosto que odeio desde criança. Antes da escola, papai molhava meu pão com manteiga na xícara e dizia que era bom para aprender as lições. Não bastava a obediência compulsória, ainda estragava o pão, tudo ficava com gosto ruim de café com leite morno. Sabia ser detestável.

Só bebo este café agora porque foi trazido por uma senhora do asilo a quem papai contava tudo. É como se eu conhecesse você desde sempre, ela diz. Beba para enganar o estômago, você deve estar com fome, ajuda a aliviar a cabeça. Ela me abraça meio sem jeito por causa do bule e dos copinhos de plástico, evitando derramar tudo em cima de mim, e prossegue na tarefa, dedicada.

Talvez esta senhora tenha sido a última namorada de papai. Gosto das feições tristes dela, sinais de gente vivida. Está claro que se mantém ocupada para disfarçar a dor da perda. Quer pensar em outra coisa. Talvez sinta que é sua responsabilidade, já que foi companheira do morto, um tipo de obrigação conjugal implícita. Parece uma senhorinha simpática, dessas que se divertem com qualquer carteado à toa no meio da tarde, que se contentam com novela, biscoitos, tricô e café com leite. Talvez um pedaço de bolo recém-tirado do forno, a manteiga a derreter por cima, aquele perfume de colesterol. Papai tinha dom para encontrar mulheres decentes, considerando o exemplo que era minha mãe. Ao menos uma coisa ele fazia direito, sem motivo para reprimendas: encontrar quem o aturasse.

Ela diz que me reconheceu pela maneira como papai me descrevia. Percebo, nas entrelinhas, que papai não guardava nenhum retrato meu. Eu sou bom, segundo suas palavras, um menino de bom coração, que encara a vida com seriedade e sabe resolver as coisas com a cabeça. Papai deve ter me descrito como um crápula, isso sim; a senhorinha mal consegue disfarçar. Ou falou de mim com indiferença, duas ou três frases quaisquer, meio desconexas. A velhinha só está exercendo sua simpatia. Deve me achar um renegado sem coração. Vou superar, ela diz. Vou superar isso tudo. É muito gentil mesmo, concedo a ela aplausos imaginários.

Se a mentira tem perna curta, a verdade nem perna tem, ela rasteja – papai vivia proclamando esse tipo de bobagem, eu só fingia prestar atenção. Fato é que não se discute com uma senhora como esta, não se discute num lugar como este. Se ele falava mesmo de mim, esqueceu de mencionar minha aversão a café com leite. Deve ter havido oportunidade durante o papo-furado com que ocupava o próprio tempo e o dos outros. Ah, papai, eu daria tudo por um café preto forte sem açúcar, um levanta defunto, se me permite o sarcasmo. Serviria para afastar o tédio, talvez para fazer o tempo caminhar depressa. Está abafado demais, queria saber que horas são, a madrugada é inerte. Será que existe padaria vinte e quatro horas neste fim de mundo?

Vejo de relance um velho amigo de papai, reabro os olhos e ele está ao meu lado, um conhecido, afinal. Desses a quem papai se apegava e mantinha por toda a vida sem razão alguma. O velho olha o caixão, a expressão de cera, a telinha branca para afastar as moscas. Depois se volta para mim, suspira, oferece seus sentimentos com solenidade, abaixa a cabeça, abaixa a voz. Controlo uma vontade repentina de sorrir; gargalhar talvez fosse mais sincero. Abro os olhos uma segunda vez e ele continua ali, ficamos a bebericar café com leite frio e observar a cena. Não tenho assunto para puxar e nem quero, saio para respirar, espiar a noite, e ele vem junto sem ser convidado. Parece oferecer apoio, quer ser gentil, que posso fazer?

O silêncio da sala ecoa do lado de fora. Céu estrelado, ar estagnado, verão. Calor típico dessas cidades mirradas. Não passa um único carro na rua, nenhum bêbado, ninguém aproveita a noite. As luzes cansadas dos postes clareiam em vão. Minhas pálpebras trepidam com elas, tento sustentá-las e a vista falha.

O amigo de papai olha para o fim da rua, depois para o fundo do copo, depois para o fim da rua outra vez. Vai longe. Pergunto como estão as coisas e ele responde "tudo bem". A questão retorna, ele quer saber como estou me sentindo. Para não parecer indiferente demais com o morto ou manifestar minha vontade real de sair daqui o mais rápido possível, dou de ombros. O velho balança a cabeça, concordando. É o que espera de mim.

Passados alguns minutos, comenta:

– Achei que você não tomava café com leite de jeito nenhum.

Demoro para digerir a frase. Meu estômago está cheio de contradições, os olhos ficam úmidos, bocejo. Até morto papai me incomoda. Quero enterrá-lo de uma vez por todas e voltar para casa. Enterrá-lo bem fundo.

O suor escorrendo pelo pescoço me traz lembranças ruins, que tento conter sem sucesso. O ar pesado me embrulha o estômago, só pode ser por causa disso que começo a contar de uma viagem que eu e papai fizemos anos atrás. Voltávamos de um hotel fazenda quando nos perdemos, pegamos a estrada errada e só percebemos dezenas de quilômetros depois. Não dava para ter certeza. Quilômetros infinitos de chão batido. Ainda não existia smartphone com GPS. Eu dirigia com papai explicando o caminho a partir de um mapa desenhado num guardanapo de boteco, desses de beira de estrada; o dono do lugar mal sabia falar e papai acreditou nele, pediu informações e desejou bom dia. Estávamos perdidos numa estrada com vinte por cento de terra e oitenta por cento de buracos, a suspensão do carro rangia, as molas dos bancos rangiam a cada centímetro percorrido e meus dentes rangiam juntos. Chacoalhávamos, dávamos coices, tudo parecia a ponto de desmontar.

Papai virava e revirava o mapa porcamente desenhado naquele guardanapo que não serviria nem para secar a mesa caso o copo transbordasse. Para mim, era mesmo a gota d'água. Só que a tempestade ainda estava por vir, eu não fazia ideia. A cerca de arame farpado já tinha desaparecido fazia tempo, último sinal de civilização. Papai virava o mapa de um lado para o outro, dizendo que deveríamos ter perdido alguma saída em algum ponto ali atrás, sabe-se lá onde. Ele sequer considerava a possibilidade de o mapa estar errado, acreditava em qualquer coisa e em qualquer pessoa que não fosse eu, apostava todas as fichas às cegas.

Fiquei louco da vida. Encostei o carro, desci na estrada e tentei clarear as ideias. O sol brilhava com entusiasmo ofensivo naquele maldito deserto. Minha camisa estava colada às costas, na barriga, no peito. A poeira tinha se misturado ao suor e ao protetor solar, deixando a pele pegajosa, principalmente nos braços. Não enxergava direito nem mesmo com os óculos escuros. O suor descia da testa e me ardia os olhos. Eu os esfregava e tudo ficava menos nítido. A raiva ofuscava a razão, não haveria saída daquela enrascada. A boa vontade evaporava de cada poro do meu corpo até que restasse apenas um galho ressequido, que eu usaria para apunhalar papai e garantir que não se safasse. Tudo o que eu queria era um copo de água com muito gelo para engolir a roubada em que nos metemos, esfriar a cabeça antes que ela fervesse junto com o radiador do carro, antes que eu matasse papai pela simples oportunidade que se oferecia.

Ele manipulou o mapa mais um pouco dentro do carro, então o dobrou, guardou com cuidado no bolso da camisa e veio se juntar a mim. Como se o mapa fosse valioso ou ainda servisse para alguma coisa. Encostado na lataria, eu olhava meus sapatos com piedade, tão cobertos de terra vermelha que duvidava da sua cor original.

A lataria quente me arrancava o couro das costas, precisava pensar com rapidez. Só havia terra e mato adiante, só restava terra e mato atrás. Eu tentava decidir se era melhor voltar ou seguir em frente na esperança de encontrar uma saída, com sorte uma placa indicando a direção da rodovia principal. Estávamos exatamente no meio do nada, naufragados num oceano de pó, tentando imaginar para que lado ficava a margem mais próxima.

Papai olhava ao redor com curiosidade. Seus olhos brilhavam, mesmo debaixo daquela camada de terra vermelha. Eu quase cometeria o sacrilégio de dizer que ele achava a situação divertida. Respirei fundo, engoli seco. Torcia para que ele não fizesse um comentário do tipo "olha só que árvores bonitas" ou "fazia tempo que não via um céu tão azul" ou "eu adoraria morar num lugar calmo como este", porque senão eu entraria no carro, daria a partida e o largaria ali para sempre na companhia de seu otimismo importuno.

Mas papai não fez nenhum comentário sobre a fauna e a flora local, sobre como é bom viver ou sobre como somos pequenos diante da criação. Nenhum desses lirismos típicos dele. Foi pior. Papai girou a cabeça de um lado para o outro, chegou a um consenso consigo próprio, fazendo careta afirmativa, e anunciou com animação:

– Acho que estou reconhecendo este lugar.

– Como é?, perguntei.

– Conheço aqui, tenho certeza. Eu morei aqui.

Podemos atravessar a vila, sair pela ponte General Gentil e retomar a estrada no sentido certo, do outro lado, papai disse na sequência, enquanto eu ainda tentava compreender a informação anterior. Morou ali? Estávamos na porra do centro do lugar nenhum, bem ali, só terra e vegetação rala ao nosso redor, daquelas do agreste em tempos de estiagem.

Sem encontrar palavra adequada para continuar a conversa, uma vez mais o vi balançar a cabeça afirmativamente. Tinha o orgulho estampado no rosto. Eu olhava pasmo para seu sorrisinho cheio de ideias. O sol a pino teria superaquecido seus neurônios? Convenhamos, ele não precisava disso.

Conforme fiz durante a droga da minha vida inteira, cedi à vontade de papai. Não havia alternativa. Liguei o carro, enfrentamos mais um ou dois quilômetros na estrada esburacada e, de fato, descobrimos uma via terciária toda ladeada por árvores altas. A saída que ele indicou ficava no meio dos arbustos, à direita. Um lugar sombrio. Uma espécie de caminho improvisado na mata nativa.

O terreno ali era bem melhor, por incrível que pareça quase não havia buracos. O ar também estava mais agradável. Inspirei fundo, um alívio. Talvez a copa das árvores protegesse a estradinha das intempéries. Atravessamos com boa velocidade os feixes de luz, que venciam a folhagem densa e formavam colunas etéreas pelo caminho. Virei o rosto e observei papai. Estava quieto, porém radiante, como se soubesse o que nos aguardava à frente.

Não era possível que tivesse morado ali. Mais impossível seria reconhecer com tamanha convicção o lugar décadas depois, uma terra vaga como aquela. O vento entrava pela janela e lhe sussurrava segredos, acariciava seus cabelos brancos, finos e frágeis. Ele remoçava. Foi o que me veio à cabeça, papai remoçava no túnel do tempo, ou eu estava variando. Mas não era momento de me preocupar, já estava perdido o suficiente.

Na minha ingenuidade, tentei sorrir também. Só havia um caminho a seguir e era para frente. Ao menos agora entrevia um fio de esperança, então eu estava satisfeito. Corríamos direto para ela. A pressão do meu sangue baixava na medida em que a poeira subia, a tocada suave do carro deixou a raiva para trás. Ainda não tínhamos encontrado a autoestrada que nos levaria de volta para casa, mas as perspectivas melhoravam. Sem morte por desidratação, sem loucura ou parricídio, nada disso. Talvez houvesse uma saída razoável para aquela situação ridícula em que nos metemos. Pela primeira vez na vida, ela viria de papai.

Pouco antes de chegarmos à vila, o corredor de árvores terminou e o sol brilhou de novo, agora menos opressor. Eu estava aliviado por ver a silhueta das casas interromper o vazio do horizonte. Diminuí a velocidade no entroncamento e observei com calma. Parecia cenário de filme.

Papai colocou o braço para fora e apontou um campo gramado que se abria a partir da beira da estrada, uma espécie de pasto bem amplo, sem gado. A vila ficava adiante, na direção do que parecia ser um armazém vermelho bem alto.

– Encoste ali. Quero mostrar uma coisa –, ele disse.

O enfermeiro responsável pela dieta dos idosos percebeu a ausência de papai no salão em que era servido o café da manhã. O velho era madrugador, não atrasava um dia sequer. Interfonou para a camareira, que sabia como agir. Mesmo assim, seu coração palpitava a cada vez. Uma moça jovem que se afeiçoava aos internos, esse era o seu erro. Bateu na porta uma, duas, três vezes. Fez o sinal da cruz uma, duas, três vezes antes de entrar no quarto.

É como imagino o ocorrido.

O setor de contato com as famílias fez uma ligação interurbana e quase me matou de susto em plena madrugada. Pensei que fosse alguma tragédia na empresa. Estiquei o braço por instinto, agarrei o celular no criado mudo e falei com eles sem entender ao certo se era um sonho. Disseram apenas que sentiam muito, papai falecera dormindo, não sofrera, encontrara enfim a paz, a instituição ofereceria todo o suporte necessário à família, é um momento delicado, eles compreendiam, pediam desculpas pela notícia e pela hora.

Queriam saber se eu poderia comparecer o quanto antes para acertar os detalhes do enterro ou da cremação, tudo seria feito conforme a minha vontade, claro, embora eu pudesse contar com a assessoria especializada deles, que estava acostumada a lidar com situações como aquela, se eu não me importasse com as taxas de conveniência, evidente que não queriam me sobrecarregar numa hora difícil, assim, às quatro da manhã. Sentiam muito mesmo. Deveriam avisar mais alguém? Meu número era o único que constava nos campos "contato financeiro" e "família" no cadastro do asilo.

A área arborizada ficou para trás. Pisei leve no freio, diminuindo a velocidade enquanto procurava lugar propício para estacionar. O carro deslizou no cascalho, chutando pedregulhos para longe e soprando a sua última nuvem de poeira.

Parei atrás do galpão, na sombra estreita que se formava ali. Talvez fosse uma fábrica de pequenas dimensões, mais diminuta ainda se comparada com o campo aberto ao redor. A parede tinha sido pintada havia poucas horas com esmalte vermelho cintilante, eu podia sentir o cheiro adocicado da tinta evaporando ao sol e pairando de maneira tediosa. Inspirei a aura de solvente, cheiro de civilização. Uma sensação de conforto percorreu meu corpo inteiro, da cabeça aos pés.

Papai pulou do carro com destreza. Parecia ter remoçado trinta anos, o que o deixaria mais ou menos com a minha idade. Foi curioso vê-lo assim, não me recordava da sua última demonstração de entusiasmo verdadeiro. Pena que não fosse contagiante; meu objetivo ainda era o sofá de casa, depois de um longo banho com a ducha na potência máxima. Aquele galpão vermelho, por mais que trouxesse algum alívio, não era o meu acolhedor apartamento na capital.

A porta do carro bateu, o barulho ecoou, e o eco ecoou de novo. Só então me dei conta do silêncio, tão intenso que eu quase podia pegá-lo com as mãos. Envolvia meu corpo e me impedia de avançar, era como se caminhasse numa piscina, imerso em água quente e pesada, os movimentos lentificados.

O galpão tinha uma porta muito ampla, que tomava quase toda a fachada. Logo me dei conta do que se tratava. Papai conhecia mesmo o lugar?

O caminhão de bombeiros estacionado lá dentro parecia novo, apesar de o modelo ter pelo menos sessenta anos, talvez setenta, quem sabe? Era bastante antigo. Por um instante, acreditei que tínhamos voltado no tempo de verdade. Mas eu continuava com o corpo cansado e sujo, a testa grudenta, o cabelo úmido começando a rarear no centro, e não seria justo que tudo ao meu redor rejuvenescesse menos eu.

Papai já rodeava o caminhão, passando os dedos pela lataria como se não acreditasse em seus próprios olhos. Parecia uma criança diante do brinquedo deixado sob a árvore de Natal. Saí do sol, que insistia em esturricar meus ombros, e o acompanhei na inspeção. Era um caminhão muito bonito, inacreditável como estava bem conservado. Para-choque de metal cromado. Volante ergonômico emborrachado, de circunferência enorme e miolo ondulado para apoiar os dedos durante as manobras. Estofamento de couro bege sem o menor sinal de desgaste, alavanca de câmbio montada na coluna de esterção, quebra-vento com travas polidas, uma figa de madeira e um pé de coelho seco pendurados no retrovisor. Uma raridade. As escadas duplas estavam presas em ganchos nas laterais, uma de cada lado. Logo abaixo ficavam as mangueiras, os relógios de pressão, as pás e as picaretas. Tinha ainda uma Magirus no topo, com as manoplas de comando ao alcance da minha curiosidade.

Encontrei uma plaquinha de metal fixada na parede, no lado do motorista. Tirei os óculos escuros e inclinei o corpo para ler. Ford Stronghouser 1927. Mais velho do que eu supunha. Não que fosse grande conhecedor daquele tipo de veículo, nem de qualquer outro, especialmente antigo. Acontece que todo garoto já quis ser bombeiro. Até descobrir o salário medíocre versus o risco de morrer asfixiado, carbonizado, cair do telhado, serrar lataria para recolher pedaços de gente morta, enfim, muitos argumentos reais contra o sonho de criança. Não tenho estômago para tanto.

Quando me virei para compartilhar a informação da plaquinha, papai tinha desaparecido.

Olhei ao redor mais uma vez para ter certeza, completando um giro lento com a cabeça, observando cada detalhe. Não havia tanto para ver. Um galpão simples de vão livre e pé direito alto. Era tudo, sem lugar para se esconder. Dei a volta no caminhão, alcei a soleira do passageiro para verificar o interior da cabine e cheguei a me ajoelhar para procurá-lo debaixo do chassi; tratando-se de papai, tudo era possível. Por fim, chamei-o uma segunda vez, já sem muita convicção.

Empolgado como estava, era bem possível que tivesse saído a explorar o lugar. Nenhum aviso, sequer lembrou-se de mim. Eu já estava acostumado.

Também não havia vestígio de bombeiros no quartel. Nenhum barulho, nenhum equipamento largado no meio do caminho. Pensei em gritar por papai, mas não achei prudente. O lugar parecia abandonado, ainda que limpo e organizado. Não fazia muito sentido.

Dentro do galpão, eu também via duas portas comuns, mais uma escada de metal que levava ao escritório no mezanino. Isso era tudo. As luzes lá em cima estavam apagadas, dava para notar através da janela de vidro. Além disso, papai não poderia ter subido sem que eu ouvisse, a escada rangeria. Só podia ter se metido numa daquelas portas do térreo.

Eu não sabia por qual, então escolhi a da direita. Girei a maçaneta e botei a cabeça para dentro. As dobradiças denunciaram minha intromissão. Exceto por isso, não notei qualquer outro barulho, o interior também parecia vazio. Ninguém falava, não se ouvia pedidos de socorro no rádio, nenhum relatório sendo digitado. Nem mesmo passos ou arrastar de cadeiras. Era um longo corredor permeado por diversas outras portas, iluminado pela luz do sol que penetrava por janelas pequenas, quadradas, com basculantes fechados. Ainda existia uma chance. Botei o resto do corpo para dentro e saí no encalço de papai. Já passava da hora de encontrar o caminho de casa.

A maioria das portas do corredor dava acesso a salas vazias, com luzes apagadas. Olhei uma a uma. Os interruptores eram antigos, daqueles pequenos, difíceis de encontrar. A pintura ali dentro também era recente, o cheiro forte logo me rendeu uma dor de cabeça. Cor bege e detalhes vermelhos. De vez em quando, deparava com um móvel ou equipamento típico do ofício: mangueiras de lona sobressalentes, machados, motor de bote, capacete antichama, essas coisas.

Notei que uma plaquinha indicativa, feita nos moldes daquela do caminhão, estava colada junto ao batente de cada sala. Almoxarifado. Sala de Reuniões. Centro de Treinamento de Reanimação. Algumas placas mencionavam também conteúdo e data, o que tornava tudo mais estranho. Mesa de mogno, século XIX, doação da família Lopes. Uniforme usado até 1957, cobertores térmicos incorporados ao grupamento em 1968. Era como uma espécie de museu, o que explicava a ausência de soldados. Talvez um memorial, um prédio comemorativo.

Quase no fim do corredor, à direita, vi uma coleção de medalhas disposta num armário com portas de vidro e prateleiras brancas de madeira. Estavam numa bandeja forrada com veludo vinho. Logo abaixo, como que protegendo o tesouro, um pastor alemão capa preta montava guarda. Tinha sido empalhado em 1944, após catorze anos de amizade e bons serviços prestados, de acordo com a sua placa. Abaixei-me para vê-lo melhor. Tinha a boca aberta, a língua pendurada de lado, as orelhas em riste. Parecia real, quase vivo, a ponto de me abocanhar no primeiro vacilo. Eu sentia seu bafo agridoce, a respiração agitada, o coração acelerado. Ótimo trabalho de taxidermia, chegava a arrepiar. Vi minha imagem refletida em seus olhos de vidro como se estivesse em bolas de cristal. O cão também parecia me observar com desconfiança. Eu me encontrava ao mesmo tempo ali fora, no corredor, e lá dentro, na mira de seu instinto e de suas presas. Um alvo fácil.

Preferi me afastar daquela sensação constrangedora, entrando com rapidez na sala que ficava às minhas costas, uma espécie de ambulatório. Um longo banco forrado com couro caramelo abotoado no meio de cada assento se estendia pela parede lateral, onde se acomodariam seis ou sete pacientes. Um armário com ampolas de remédio, seringas de vidro e chumaços de algodão organizados em caixas de papel cartão, uma bombinha de medir pressão arterial, daquelas analógicas, e uma caixa de madeira sobre a maca, com a cruz vermelha gravada na tampa. Observei tudo com alguma atenção. É bizarro pensar que num passado não muito distante as seringas não eram descartáveis.

No canto, uma réplica de corpo humano com esquema da posição dos órgãos, ossos, vias aéreas e sistema circulatório. A sinalização ao lado informava que aquele modelo era utilizado em aulas de primeiros socorros. Faltava um dos rins. Tinha sido abocanhado pelo cachorro lá fora durante a distração do enfermeiro, foi o que me veio à cabeça; estaria enterrado no gramado lá fora.

Distraído, perdi a noção do tempo. Um prédio histórico, talvez mantido em memória da corporação, transformado em centro cultural? Era plausível. Não precisei ir muito além para perceber que ninguém o usava há décadas, ao menos não com o propósito de abrigar ou instruir bombeiros.

Nenhum sinal de papai ou de mais ninguém. Foi o que me deixou receoso, na verdade, não havia qualquer vestígio de pessoas. As paredes estavam limpas; o chão, apesar de antigo, aparentava ser novo de tanto esmero, encerado à perfeição. Tudo permanecia intocado e organizado como num museu de antropologia, os objetos empoeirando no lugar, sem tirar nem pôr. Exceto pelo órgão que faltava no boneco de primeiros socorros, mero detalhe, todo o resto era impecável.

Procurei algo que indicasse uma visita recente, talvez uma jaqueta pendurada no encosto da cadeira, um maço de cigarros esquecido sobre o tampo das mesas antigas, um crachá ou uma caneta fora de lugar. Nada. Apenas uma fina camada de poeira vermelha, a mesma da estrada, envolvendo tudo como uma película protetora. Ninguém deveria ter entrado ali nas últimas semanas. Comecei a considerar que talvez eu e papai também não.

O silêncio, junto com o pressentimento de que logo alguém me surpreenderia xeretando, fez com que me sentisse um tanto transgressor, passando dos limites, invadindo o lugar assim, sem autorização. Era como se cometesse um delito, coisa que me desagradava, principalmente se considerasse o fato de que estava num antro policial.

No fim do corredor, já não me preocupava em reencontrar papai, nem queria saber dele. Eu queria era sair dali o mais rápido possível, o cachorro empalhado me dava nos nervos, aquele seu olhar atento. Era a somatória das sensações que fazia isso comigo. Para piorar, o incômodo de ter voltado no tempo persistia, ganhava força a cada objeto antigo que eu encontrava pelo caminho, a cada seringa de vidro na prateleira ou medalha de honra ao mérito oxidada. Ótimo que ninguém aparecesse. Na melhor das hipóteses, eu levaria um baita susto. E teria que me explicar. Diria o quê? Que tinha perdido papai e não tinha a menor ideia de onde estávamos? Verifiquei uma última vez, só para ter certeza. O pastor alemão continuava em seu posto de guarda, ao lado do armário de vidro, exatamente na mesma posição de antes. Apertei o passo, olhando por cima do ombro, tudo ficava para trás e nada me perseguia. Puxei a maçaneta com força até travar a fechadura, depois empurrei a porta para garantir que não abriria sozinha.

Antes de sair à rua, achei válido tentar a porta que restava, só para ter certeza de que papai não se metera ali. Hesitei um instante com a mão na maçaneta, a sensação experimentada através da porta vizinha persistia a me embrulhar o estômago. Minha cabeça doía por causa do excesso de sol, do cheiro da tinta, da sede e da fome.

Respirei fundo, girei a peça com calma, ouvi o clique e, na sequência, o agudo das dobradiças. Meu corpo inteiro ficou arrepiado. O maldito gemido continuou reverberando dentro e fora de mim.

A sala não tinha janelas. Um breu danado, ainda mais denso por causa do sol que invadia a garagem às minhas costas, refletia por todo canto e deixava a visão marcada. O ar ali dentro era úmido e pesado, como num velho porão tomado por mofo. Tateei a parede pensando em baratas e lagartixas, talvez uma aranha. Encontrei o interruptor, e a primeira coisa que surgiu com o flash de energia elétrica foi meia dúzia de banquetas de plástico cinza claro, algumas delas empilhadas desordenadamente. Depois, reparei nos ganchos logo acima, aparafusados na parede. Por fim, nos três chuveiros no lado oposto. A placa sob o interruptor explicava tudo: vestiário.

A infância de papai foi um tanto movimentada. Vovô ocupava um posto importante na Marinha, e quando não estava navegando inspecionava quartéis em todo o país. De tempos em tempos, caso o trabalho exigisse, mudava com a família para lá. Quer dizer, ele ficava no quartel, fazendo sabe-se lá o que, enquanto minha avó e papai ocupavam uma casa na vila mais próxima, construída para as famílias dos militares e mantida pelo governo. Acho que ainda existe esse programa, o Próprio Nacional Residencial. São condomínios de casas ou apartamentos, a maioria próximos do ambiente de trabalho. Lugar de disciplina constante, regulamento rígido, perfil de moradores adequado ao estatuto. Duvido que papai chamasse isso de lar; pelo menos o que se diz a respeito não é nem um pouco compatível com seu jeito relapso.

Cada quartel tinha a sua vila, eram centenas no total. Possuíam escola, hospital, clube de esporte, tudo muito bem estruturado. Por ser uma área militar, a segurança era feita por soldados; ficavam nas guaritas dos portões e dos muros, papai ia até lá encher a paciência deles a cada troca de turno.

A maior parte do que era consumido nas vilas tinha origem nas provisões da Marinha, mas existiam também quitandas, mercearias e outros tipos de lojas.

Papai ainda era criança quando meu avô faleceu num exercício de balística. Alguém fez bobagem com uma granada, e se a Marinha admitiu isso, eu não tenho por que duvidar. Não morreu de uma vez, ficou agonizando que nem nos filmes de guerra, deve ter sido horrível.

Quando era vivo, a família chegou a se transferir para três vilas diferentes no mesmo ano. Uma bagunça, não criavam raízes, o que deve ter transformado o menino inquieto no adulto que eu conheci.

Depois do acidente, minha avó se mantinha com a pensão que lhe era de direito e podia continuar usufruindo das mesmas regalias de antes, com uma vantagem: não precisava continuar com a vida nômade, era só escolher uma casinha na vila que mais lhe agradasse e ficar ali para sempre. Uma espécie de aposentadoria compulsória somada ao bônus vitalício pelos serviços prestados pelo marido. Mulher de sorte, viúva de militar de carreira, muitas sonhavam com a regalia. Podia fazer o que bem entendesse. Só que ela não se sentia à vontade, vivendo perto dos soldados; acho que remoía as lembranças de vovô e aquilo mexia demais com sua cabeça, não conseguiu superar.

Então começou a fugir. Não queria saber da ajuda de ninguém, bastava juntar algum dinheiro para eles se transferirem de cidade, bem quando podiam sossegar, fazer amigos, essas coisas. Papai teve motivo para ser meio perturbado. Embora essas justificativas já tenham se tornado clichês, viveu oprimido, teve pais estranhos ou não teve pai algum. Acontece que isso não corresponde à realidade geral; eu, por exemplo, teria mil motivos para ser neurótico e, no entanto, sou perfeitamente são.

A história das mudanças durou anos. Passaram por muitos lugares, sempre naquela rotina puxada. Acho que não queriam laços afetivos com nenhum lugar. Bom, isso sou eu que estou dizendo, não me lembro de ouvir algo assim de papai. Talvez quisessem manter os mesmos costumes de quando vovô era vivo, fingir que nada tinha acontecido, não sei.

Foi por isso que estranhei papai se lembrar da vila quando nos perdemos cinquenta, quase sessenta anos depois. Quer dizer, quanto tempo vivera ali? Que idade tinha? Era bem novo na época. Deve ter ficado pouco mais de um ano no lugar, no máximo. Tudo bem que havia mesmo uma vila no final daquela estradinha de terra aberta na mata, poucos metros além do batalhão dos bombeiros. Mas eu tinha dúvidas a respeito de tudo, e essas dúvidas só cresceram com o tempo. Havia algo estranho no ar, e não estou me referindo ao cheiro de tinta. Era a única coisa de que eu tinha certeza, algo estava acontecendo. Com papai envolvido, poderia ser qualquer coisa. Restava saber o quê.

Voltei à rua. Era larga, a calçada com bloquetes de concreto semelhantes a paralelepípedos, casas e salões comerciais em ambos os lados. Não tinha prestado atenção antes. Tudo parecia recém-construído, embora o estilo fosse antigo, como no corpo de bombeiros. Eu me sentia numa cidade cenográfica criada para novela de época, o cheiro de thinner em todo lugar. Tudo novinho. E inverossímil. As paredes brilhavam ao sol, ofuscando meus olhos. Todas elas, não apenas as do batalhão às minhas costas, refletiam a luz forte como se a tinta ainda estivesse úmida ou como se derretessem com o calor.

O horizonte parecia mais alaranjado do que quando chegamos. As horas avançavam sem hesitar.

Outra coisa naquela rua se assemelhava ao galpão que eu acabara de deixar para trás: não tinha ninguém à vista. Eu já conheci cidadezinhas do interior, algumas são assim mesmo, nada acontece aos domingos, só a missa. Não tenho paciência para tamanha falta do que fazer.

Onde papai estaria? Se tivesse se metido a explorar, levaria um bom tempo até eu encontrá-lo. Não que a vila fosse muito grande, considerando o tanto que podia ver dali. Mas nunca se sabe, e meu entusiasmo não era nada encorajador.

Àquela hora, ele poderia estar vários quarteirões adiante. Ou atrás, quem sabe? Eu não estava disposto a esperar, deveria ter voltado ao carro e sumido antes que anoitecesse. Mas era papai que, em tese, conhecia o caminho de volta, e não tinha ninguém por perto a quem perguntar. Sabe-se lá que tipo de inconveniente judicial poderia me ocorrer caso o homem morresse de insolação, inanição ou coisa semelhante. Ele já não tinha idade para zanzar por aí com sol quente na cabeça.

A luz vinha de frente, refletia nas lentes dos óculos e deixava a paisagem enevoada. Ergui as mãos para fazer sombra nos olhos. Apareceram árvores no outro lado da rua, junto com a barbearia, uma loja de acessórios para cavalgada, mais ao longe vi uma praça com playground. Eu conseguia distinguir o escorregador e o trepa-trepa entre um amontoado de brinquedos coloridos. A grama era tão verde e bem aparada que parecia feita de plástico. Não me surpreenderia encontrar ali um pipoqueiro com uniforme listrado de vermelho e branco. Ou um velhinho bigodudo com cartola, periquito e realejo.

Fiquei em pé, na calçada, suando como um idiota, girando a cabeça de um lado para o outro, a respiração contida à espera de decisão. Queria só voltar para casa o mais rápido possível. Além do sol, a angústia me esturricava o cérebro, eu não podia demorar. Sabe-se lá quanto tempo ainda levaria para encontrar o caminho certo. Sentia sede também, não bebia nada desde o café da manhã, a poeira vermelha virava tijolo na garganta. A vila me dava arrepios, essa era a verdade, e o desejo de acelerar o carro e deixar papai para trás já não parecia tão repreensível. Como podia me largar ali, sozinho, sem rumo?

Estava de olhos apertados contra o sol quando ouvi um barulho à minha frente. Vinha da escola, no lado oposto da rua, só reparei nela nessa hora. E o barulho era estranho, latas pesadas batendo umas nas outras, parecia panelas caindo. O som se repetiu e minhas dúvidas cessaram. Eram panelas mesmo, tinha certeza, o som metálico abafado por causa da distância, dessa vez menos escandaloso. Talvez recolhessem a bagunça feita no minuto anterior. Eram panelas, grandes, de fazer merenda para a turma toda.

Decidi averiguar. Papai teria estudado ali quando criança? Não haveria outra escola numa comunidade tão pequena. Talvez tivesse ido matar a saudade, era uma coisa que gostaria de fazer, papai era do tipo apegado às lembranças. A possibilidade de reencontrá-lo ficava animadora pela segunda vez. Sorte a dele, garantiria a carona de volta para casa. Porque minha paciência já se esgotara.

Atravessei a rua e, logo que pisei na sombra do prédio, senti um arrepio percorrer a coluna, afastando a empolgação repentina. Veio até a base da nuca, refletindo-se nos braços, que ficaram com os pelos eriçados. A sombra estava mais fria do que eu supunha, considerando a temperatura da tarde, que fazia suarem até as unhas. Foi uma espécie de choque térmico.

Parei em frente ao portão e tentei a campainha. A não ser que tivesse soado num lugar muito distante, ela não estava funcionando. Campainhas de escola costumam gritar mais alto do que as crianças, eu teria ouvido. Esperei um pouco e tentei uma segunda vez, em vão. Também não ouvi mais o barulho das panelas.

Empurrei a porta de ferro, de leve, sem muita convicção, e ela abriu com facilidade, precisei ser rápido e segurá-la para que não batesse no lado de dentro. Naquelas dobradiças havia graxa, diferente das portas do batalhão de bombeiros; as danadas não rangeram nem um pouco.

Investiguei o ambiente: um pátio largo com chão de quartzo azul cinzento, limpinho, impecável. Tinha também bancos pesados, feitos de ripas de madeira, encostados nas paredes. Janelas e portas pintadas com tinta azul bem escura, tudo brilhando. Davam vista para o pátio, estavam abertas, e as salas de aula pareciam vazias. Claro, era domingo, não encontraria nenhum estudante.

Uma placa no teto apontava para a direita: Refeitório. As panelas estariam no tal refeitório, talvez papai as derrubara por acidente, enxerido como era. Se por acaso fosse o zelador da escola, poderia me ensinar o caminho até a estrada. Só isso já estaria de bom tamanho.

Coloquei um pé para dentro. Ainda sentia resquícios do arrepio recente, era incrível como fazia frio ali. Por fim, e apesar de tudo, o outro pé decidiu ir junto. Encostei a porta de ferro devagar.

A placa apontava para um corredor escuro; outra vez, minha sina. O cheiro de tinta também era forte ali, ácido e enjoativo, estava em toda a maldita vila.

Duas palmeiras foram plantadas em vasos de barro ovais logo na entrada do corredor, deixando o ambiente mais convidativo. Eram plantas verdadeiras, vivas e bem tratadas, nenhuma folha seca ou mesmo amarelada. Um bom sinal, ninguém com más intenções gosta de plantas.

Caminhei com cuidado, ouvindo a sola do sapato se desentender com o piso, fazendo aquele barulho irritante de borracha em superfície esmaltada. Diminuí a velocidade, pisando com delicadeza, querendo fazer as pazes com o lugar. Tampouco queria denunciar minha intromissão. Fosse quem fosse, amante de plantas ou não, talvez não gostasse de ser surpreendido, então eu também não desejava perturbá-lo, nem mesmo se fosse papai. Precisaria de muito tato para convencê-lo a matar a saudade numa próxima ocasião. Ele ia me contrariar, isso é fato, jamais aceitaria fácil assim uma sugestão minha.

Papai era cheio de extravagâncias, um romântico fora de época que só fazia sofrer. Minha mãe ficava louca, coitada, sequer resistiu para ver como a história terminaria. Eu ainda era pequeno quando a vi chorar a primeira vez, de avental, a cabeça deitada entre as mãos na mesa da cozinha, os feijões esparramados junto com ela, a maior parte no chão. Espreitei, meio assustado, através da fresta da porta. Como se não restasse nada a fazer, ela logo se levantou, recolheu os feijões do chão. E eu achei que era aquilo, pronto, problema resolvido; bastava secar as lágrimas para a dor passar.

As conversas de papai só faziam sentido em sua cabeça. Os lugares que conheceu, as pessoas com quem fizera amizade, as aventuras, os dias, às vezes semanas, que passava vagando por aí sem dar notícia. A verdade é uma só: papai tinha algum problema, uma doença congênita, ele e suas ideias, uma doença mental. Quem sofria, no fim das contas, éramos minha mãe e eu. Ela muito mais, claro, arcava com toda a responsabilidade. Era boa, a minha mãe, uma mulher simples que achava bonito namorar um sonhador. Acreditava que, um dia, as fantasias de papai o levariam para um lugar digno, com reconhecimento financeiro. Tinha origem humilde, não contava com experiência de vida ou suporte familiar, faltava a ela conhecimento de causa. Tinha fé em papai, só que ele insistiu em se deixar levar pela maré, até que encalhou de vez e afundou a família em dívidas, marasmo e falta de perspectiva. Minha mãe era tão inocente quanto eu, talvez mais. Pelo menos é assim que me lembro dela.

Trabalhava lavando roupa para fora, foi assim que sobrevivemos até eu começar a ganhar algum dinheiro, no início da adolescência. Batalhou um bocado para me manter na escola e financiar as tentativas infrutíferas de papai. Nunca foi feliz ou infeliz o suficiente.

Papai, por sua vez, era do bem, jamais duvidamos da sua integridade. O problema foi ter vindo ao mundo a turismo e mantido nós dois na mala, na expectativa de um dia abrir o zíper e nos mostrar destino mais promissor, sei lá, um momento de regozijo que fosse, qualquer coisa estaria ótimo. Eu já estava cansado de ficar à deriva, enxergando na luneta o mesmo horizonte inalcançável de sempre.

Ele contava histórias fabulosas e era, de longe, o adulto favorito dos meus colegas de escola. Os pais deles não gostavam, disso eu me lembro bem. Entretia a molecada, todo professor invejaria sua didática, pena que não tinha nada a ensinar. Sequer dava o bom exemplo. Eu me sentia mal, foi quando comecei a ignorá-lo. Era meu sistema de defesa. Papai não era espetacular para mim, mas uma lástima fazendo papel de bobo da corte. Falava demais, sempre a mesma ladainha, e eu era obrigado a escutá-lo. Queria fugir. Meus amigos não. O grupo inteiro largava a brincadeira para prestar atenção nele com olhos arregalados e boca aberta, reagindo com risadinhas às piadas e tapando o rosto com as mãos nas pausas dramáticas de suas reviravoltas. A aventura era só fachada, pura encenação. E eu era só uma criança.

Papai escrevia, foi a atividade a que se dedicou com mais afinco. Chegou a publicar uns textos vez ou outra em fascículos semanais. Minha mãe contou que ele sentava à mesa da cozinha com papel e caneta enquanto eu, bebê de chão, o imitava, rabiscando jornais velhos com giz de cera. Não me lembro disso. Seus escritos tampouco sobreviveram.

Minha mãe se deixava seduzir pelo lado imaturo de papai. A maneira como ele se encontrava por acaso com a vida oferecia uma espécie de reviravolta em seu destino ordinário. Na época, eu achava um absurdo. Hoje eu a perdoo.

Ela acreditava numa mistura de sorte e piedade reservada a papai, como se Deus o considerasse com afeto. Para mim, está muito claro que a maluquice de um e a santidade da outra eram consequências da época, quando não existia tanta oportunidade. Eram dois coitados sem opção e amavam o pouco que tinham.

Papai era honesto, não posso negar, não bebia nem pulava a cerca. Não era muito melhor do que isso, nem mesmo se esforçava para pertencer à realidade; vivia satisfeito em seu mundinho particular. Acaso sumisse durante alguns dias era porque havia encontrado um amigo de outras datas e fora conhecer a família dele no município vizinho, ou porque estava ajudando alguém com a reforma da casa, ou porque viajava para fazer um serviço qualquer e sem remuneração decente. Avoado, fazia bicos, perdia-se por aí, batia papo na praça. As desculpas beiravam o absurdo, mas concordavam com o seu jeito descompromissado. Era difícil lidar com ele, conviver sob o mesmo teto, acho que nasceu para viver só. Porém contrariou a própria natureza. Sobrou para mim e para minha mãe.

Segui pelo corredor da escola, passando pelas plantas, ainda sem ninguém por perto. Fui devagar, pisando com cautela. Não ouvia qualquer barulho exceto o meu próprio caminhar. Sem problemas, eu mentalizava, é apenas um corredor de escola primária, não tenho por que ficar ansioso, agora que sou adulto. Tudo podia ser explicado com um mínimo de razão. No máximo encontraria um professor mal-humorado ou alunos travessos, uma zeladora com ares de bruxa; quem mexe com panelas é gente real.

Eu pensava em minhas próprias panelas dormitando no balcão, embaixo da pia, fechadinhas em seu armário planejado off white. Desejava retornar a tempo de ver um filme na TV, comer pizza, até tomar uma cervejinha para relaxar. A extravagância cairia bem. A lembrança de casa ajudava a afastar a sensação esquisita de estar naquele corredor sombrio. Que por sorte não era comprido, terminava num cotovelo de noventa graus à esquerda e não me deixava ver além sem dobrá-lo. Mais uma palmeira ali, não muito alta, plantada em vaso de barro. Quando me aproximei, vi que era de plástico, ao contrário das outras duas. Não batia sol para uma de verdade sobreviver.

Após a curva, encontrei duas portas brancas de madeira com uma janelinha de vidro em cada. Passei os olhos por elas. A da direita levava ao tal refeitório. Tinha quatro ou cinco mesas retangulares enormes, rodeadas por cadeiras de encosto e assento azuis. Eram bem compridas mesmo, coisa de quinze metros, mais ou menos. A escola inteira deveria comer ali. Aliás, a população de toda a vila caberia naquele refeitório. No momento, não havia ninguém.

A outra porta dava numa cozinha industrial. Através da janelinha vi frigideiras penduradas em ganchos que pendiam do teto e dois ou três caldeirões sobre o fogão, desses que cozinham toneladas de arroz. O fogo estava desligado, os armários fechados, as coifas permaneciam em repouso. Não havia uma panela sequer no chão, tudo parecia em perfeita ordem. Movimentei a cabeça para percorrer o local, forçando a testa contra o vidro, desde as paredes junto à porta até as câmaras frias do outro lado. Não tinha ninguém ali; quem derrubou as panelas já tinha posto a casa em ordem.

Criei coragem para verificar de perto e sanar as dúvidas de uma vez por todas. O barulho que ouvi da rua só poderia ter vindo dali, eu tinha certeza, por isso agarrei a maçaneta com determinação, girei e impulsionei a porta com o corpo inteiro.

Meu joelho direito bateu com força contra a madeira, senti a pontada de dor percorrer a perna e subir pelas costas como uma descarga elétrica. A cozinha estava trancada.

Só então reparei na placa de metal pendurada no estreito vão de parede entre as duas portas, na qual estava gravado: Cozinha e Refeitório. Capacidade para 360 merendas por dia.

O joelho ainda latejava quando retornei ao pátio. Era o que me faltava. Mancando, deixei as palmeiras para trás, tanto a de plástico quanto as duas verdadeiras, apoiei as mãos na cintura e respirei fundo.

Naquela pose, parecia o bedel a dar bronca em crianças invisíveis; lembrei-me também de meus professores na mesma hora, eles sempre apoiavam as mãos na cintura antes de berrar com alguém. Bateu uma saudade repentina da infância, das disciplinas, dos amigos; saudade que não esperava sentir. Não podia me ludibriar, as recordações são melhores do que a realidade de onde surgiram, formam uma síntese otimista demais. Na época eu nem gostava muito de escola, vivia cabisbaixo, me arrastando sozinho de um canto ao outro. Com o tempo, tudo fica melhor, e a gente acaba acreditando na própria imaginação.

Imaginei papai criança, correndo para lá e para cá naquele pátio, jogando bola, dando risada. Tentei reaver o acontecido, era engraçado, uma imaginação ingênua em todos os sentidos. Quando me dei conta disso, de imediato veio a cena real: papai confabulando com seu grupinho, distorcendo verdades, mantendo-os entretidos com suas historinhas ridículas. O círculo de meninos sendo enrolados pelo manipuladorzinho, era assim que eu via acontecer bem diante dos meus olhos, tão perto e tão longe. Chegou à consciência sem avisar, nas sombras projetadas pela luz da razão.

De súbito notei as crianças ao meu redor, pulando corda, dando gritinhos, mostrando a língua uma para a outra como se nenhum adulto existisse para repreendê-las. Algumas batiam figurinhas num canto, agachadas, os joelhos sujos aparecendo no breve espaço entre o fim da bermuda e o início das meias esticadas bem acima da canela. As meninas de saia. Sapatinhos pretos teimando em reluzir, apesar dos arranhões, correndo atrás dos pombos que se alimentavam das migalhas caídas no chão. Os cotovelos esbranquiçados de tanto se apoiarem nas carteiras, pequenas cicatrizes de tombo aqui e ali, pó de giz no azul escuro dos uniformes.

A vida tomou conta do colégio, as vozes balburdiavam sempre um tom acima, até mais, gritando alto como toda criança faz. A cena girava em torno de mim numa velocidade cada vez maior, mais inapreensível, borrando os limites da razão e da realidade, fazendo meu corpo se desequilibrar em vertigem. Tomado pela ilusão, o céu ganhou outra cor, a sensação horrível de estranhamento piorou. Aquilo tudo acontecia ao meu redor, mas eu não participava.

Então a perspectiva se inverteu: passei a ser a fantasia, as crianças se tornaram reais. Um ser que não era nada, ninguém sequer me notava, apenas brincavam com toda a alegria típica, mesmo eu estando ali, em pé, no meio delas. Pertenciam ao meu momento presente, só que eu não fazia parte da realidade delas, é difícil explicar de um jeito que faça sentido. Foi assim que aconteceu. Foi como vi acontecer.

Algumas crianças correram na minha direção. Tentei desviar, saltando para o lado, só que elas eram ligeiras. Seus corpinhos atravessavam a solidez do meu com a espontaneidade de um suspiro, como se eu não existisse mais. Não bastava ignorarem minha presença, elas tampouco podiam me tocar. Passavam através de mim, dos meus conceitos e preconceitos; venciam isso tudo sem qualquer dificuldade, dissolvendo a concretude do mundo.

Fiquei confuso, não conseguia compreender, era como uma miragem que acontecia ao mesmo tempo em que não existia. Aquele êxtase sombrio, cena esquisita e opressora, me desviou completamente do foco. Eu estava enfeitiçado, como num conto de fadas.

Não que acreditasse realmente naquilo, não herdei a maluquice de papai. Seria um devaneio causado pelo excesso de sol e pelo cheiro forte de tinta; uma ilusão, como se num lapso de realidade tudo passasse a existir dentro de minha cabeça.

Eu estava em choque, talvez numa espécie de transe inexplicável desde que quatro ou cinco garotos correram por mim, quer dizer, passaram através da minha perna, sumindo de um lado e reaparecendo no outro. Ainda tenho arrepios só de pensar. Devia ser obra da estafa, as horas na estrada, a angústia de ficar perdido e o risco de passar a noite num lugar desconhecido como aquele. A vontade de voltar para casa. Fazia frio, aquela escola estava um gelo, e eu tinha tomado muito sol, sentia-me exausto, essa é que era a verdade. Estava suscetível.

De olhos arregalados, tentando restabelecer o prumo, notei uma velha debruçada em uma das janelas. De dentro da sala de aula ela olhava na minha direção. Ao contrário das crianças, a velha me via. Não apenas isso, ela me encarava, imóvel, concentrada. Estava à minha espera. Não sei como nem por quê.

Sem desviar os olhos, caminhei até ela.

Insistia em contornar as crianças, mesmo sabendo que não era necessário, não trombaria com elas. Eram fantasmas, eu tinha mesmo voltado no tempo, aquele túnel de árvores na estrada levava a outro plano de realidade; não conseguia encontrar explicação mais plausível.

Eu podia andar em linha reta sem resvalar em ninguém, aquelas entidades eram vazias como os argumentos de papai, eu sabia lidar com elas. Não trombaria nem pisotearia quem brincava junto ao chão, nem mesmo se quisesse seria possível, não havia motivo para me preocupar; não tropeçaria nas crianças e elas não se incomodariam comigo porque eram produtos da minha imaginação. Eu estava sendo ludibriado por algum alucinógeno, alguma substância solta no ar; talvez o solvente da tinta, talvez a falta de água, eu estava morrendo de sede, podia causar um efeito assim, aquela maluquice só podia ter essa explicação. Meu coração batia fora de compasso, pressionava os pulmões e me tirava o fôlego.

Cheguei a mais ou menos dois metros da janela onde a velha se debruçava, o cotovelo apoiado no batente e a cabeça suspensa na mão direita em riste, o braço esquerdo cruzado na horizontal, um sorriso sarcástico no rosto. Contemplava a cena bizarra. Ela continuou a me encarar fundo sem piscar, como se enxergasse além de mim. Fiquei constrangido. Um corpo de carne e osso, atravessando com cautela o pátio cinzento da escola, o único diferente entre aquelas alminhas soltas no éden da infância.

    A velha sorria. Seus dentes eram compridos, magros e manchados como todo o restante, as gengivas chupadas e escuras, os cabelos brancos, finos e ralos, a pele ressequida. Devolvi o olhar, um tanto espantado. Dentro de minha cabeça, a batalha para retomar a razão era árdua; a velha, ao contrário, parecia em paz. Plácida.

Tudo desapareceu tão rápido quanto surgira. A velha, as crianças, as brincadeiras. A alucinação se desfez, voltei à normalidade, o mundo parou de girar. Restou o piso frio da escola, os batentes azuis escuros das janelas, os bancos de madeira. As salas de aula vazias. As duas palmeiras reais, impassíveis testemunhas do descontrole de minha imaginação. O pátio sem vida fixado no tempo e no espaço como uma gigantesca peça de museu. A realidade pura e simples.

Bateu o vento, as folhas secas levantaram voo, a poeira se movimentou em redemoinho. Permaneceram ao rés do chão as sombras de mim e de minhas crises; a sensação de não saber muito bem como, onde, por quê. As mesmas questões de sempre, que eu não me lembrava de já ter feito um dia.

Senti-me enganado, até ofendido pela ilusão. Lembrei de quando os franceses viram o cinema pela primeira vez, eu me sentia como eles, assustado com o trem projetado na parede que chegava apitando e o público sem poder sair da sala, trancado para assistir à própria morte, tentando evitar a ameaça a qualquer custo. Um trem na parede, inexplicável como magia negra, não havia mais o que pensar nem como agir. Vi um documentário a respeito. A locomotiva apitava e se encaminhava com velocidade na direção daquelas pessoas, avisava que iria atropelá-las, queria apavorá-las primeiro antes de trucidá-las. Os espectadores gritavam de volta.

O trem chegou como uma ave de rapina, eles fecharam os olhos e se descobriram numa segunda vida: o mundo das imagens. A ameaça atravessou a sala sem que nada acontecesse, tal como eu naquela escola, a visão confundindo os demais sentidos, embaralhando o mundo real, despedaçando-o como um quebra-cabeça. Nenhum francês aplaudiu.

Eu não estava bem. A adrenalina baixou, porém o coração continuava disparado, achei que fosse explodir. Não conseguia colocar em palavras na ocasião, mesmo agora é difícil, a lembrança ainda incomoda.

Saí da escola o mais rápido que pude, pisando forte e batendo o portão às minhas costas. De volta à luz do dia.

A batida do portão começou a recolocar minha cabeça de volta no eixo. Lata contra lata, matéria contra matéria, um dado de realidade. Tudo continuava do mesmo jeito ali fora. Ninguém à vista, nenhum sinal de papai. Tudo exatamente como antes, igualzinho, exceto eu.

Recostei no portão ainda ofegante, as pernas querendo se entregar. O suor escorria pela testa, descia o pescoço e desaguava no colarinho da camisa. Dobrei o corpo para frente, apoiei as mãos nos joelhos do mesmo jeito que um maratonista faz após vencer os quarenta e dois quilômetros da prova. Eu não estava acostumado a tanto esforço. Respirei fundo, engoli seco, ainda sentia muita sede. Tentei convencer minha pulsação a se acalmar, aquela tremedeira esquisita na pálpebra esquerda, na parte de cima do olho. Estava tudo bem, tudo ficaria muito bem, não havia motivo para perder a razão.

Ouvi um barulho à esquerda, na mesma calçada, a quatro ou cinco casas de distância. Uma porta de vidro se abriu, exibindo para mim um adesivo que dizia: Fotografias & Retratos. Só isso, sem outro nome. Um estúdio, talvez uma loja de câmeras e filmes, ainda deveria existir esse tipo de coisa nas cidadezinhas do interior. Por entre as letras vi papai, dava para identificá-lo através do vidro da porta. Com um sorriso no rosto, ele acenava para dentro do estabelecimento. Falou alguma coisa, ouviu a resposta, soltou uma gargalhada e encostou a porta com cuidado. Mandou um tchau silencioso e me viu logo depois.

Sua empolgação ganhou ares de satisfação faceira. Carregava um embrulho de papel cor de rosa; à distância, parecia um salame: uns trinta centímetros de comprimento, não muito largo, enrolado com barbante. Pôs o embrulho debaixo do braço, ajustou o chapéu na cabeça e veio cantarolando na minha direção. Parecia o homem mais satisfeito do mundo.

Ele usava um chapéu panamá. Na hora, nem me dei conta. Depois, achei melhor não perguntar. Onde tinha arrumado aquilo? Desde quando usava chapéu? Papai tinha tantas explicações para dar que essa era a menos preocupante. Eu não sabia nem por onde começar. Pouco me importavam as suas histórias, eu só queria sair da vila antes que fosse tarde da noite. Depois daquela vertigem bizarra na escola, talvez com a labirintite atacada, tinha receio de dirigir. Então papai aparece sorrindo, feliz, como se nada estivesse acontecendo.

– Parece que o senhor está se divertindo –, eu disse com sincero rancor quando ele se aproximou.

– Você não acredita! Acabo de reencontrar um amigo de infância que não via há uns cinquenta anos, talvez mais, não chegamos a um acordo. Ele acha que não faz isso tudo. Disse que o tempo caminha lento neste lugar, sabe como é, coisa de cidade pequena. Mas, aí, eu tentei lembrar do...

– Papai, não tem ninguém aqui.

Ele parou de tagarelar na mesma hora. Mostrou para mim uma cara de interrogação, olhou em volta, fazendo cena.

– Como assim? –, perguntou. Percebi uma leve ironia em sua voz, que me irritava profundamente.

– A vila, papai. Está abandonada! –, levantei a voz, depois abaixei os olhos. Não estava a fim de papo-furado, papai me dava nos nervos.

– Não está abandonada, não diga bobagem. É uma vila reformada. Como se diz? Tem uma palavra certa. Restaurada! É uma vila restaurada.

Você não vê como está tudo novinho em folha? Considerei suas palavras. Explicavam muita coisa, admito. O cheiro de tinta, a aparência cenográfica, a sensação de voltar no tempo, quando o passado da sua infância ainda era presente; até mesmo o estranho senso de estar numa dimensão paralela. Não tinha pensado nisso, mas agora parecia evidente, a restauração justificava quase tudo; exceto o que eu acabara de ver na escola.

– Ainda falta um bom pedaço, pelo que o Beto disse. Eu nem me lembrava de como esse lugar era grande! Falta restaurar toda a ala oeste, sabe? – Óbvio que eu não sabia. – Mas o resto está novinho, fizeram um ótimo trabalho, tudo continua do jeito como conheci, tintim por tintim.

– Por que fariam uma coisa dessas? – Eu continuava descrente e muito puto da vida, me segurando para não levantar a voz outra vez, ou o punho, contra aquele sorrisinho irônico. – Quem se interessaria por restaurar uma vila qualquer no meio do nada?

– Não fale assim, não estamos no meio do nada. A estrada passa logo ali! – Apontou para uma direção qualquer com displicência. – E essa é uma vila importante, uma das poucas que restaram da época em que a Marinha ainda abrigava as famílias dos militares. É a cultura do país, faz parte da nossa história! Você não liga para essas coisas, eu sei.

— Tá bom, que seja uma vila importante. Descobriu como vamos voltar para casa?

— Eu sei voltar, achei que você já tinha percebido, falei que conheço este lugar. Eu morei aqui, lembra? Para chegar à estrada é só cruzar a ponte General Gentil e seguir sempre em frente. Mas, antes, quero visitar mais alguns lugares.

— Papai, é tarde.

— Que nada, vai levar cinco minutinhos e ficará na minha lembrança para sempre. E na sua também, se você deixar entrar alguma coisa diferente nessa sua cabeça dura. Vai ser incrível, confie em mim.

Pensei em mencionar o ocorrido minutos antes na escola, porém conhecia o tipo de pessoa que tinha me posto no mundo e desisti de imediato. Sabe-se lá aonde aquela conversa nos levaria. Melhor seria acelerar papai e ir embora antes que anoitecesse. Se dependesse da sua empolgação intransigente, ficaríamos ali até que todos os fantasmas do passado voltassem à tona.

Em suma, não tinha jeito. Concordei com um gesto de cabeça, respirei fundo e acompanhei papai pela calçada, caminhando ao seu lado na direção oposta a do estúdio de fotografia de onde ele tinha saído. Não vi o tal Beto naquela hora nem depois. Tampouco vi qualquer outra pessoa. Se ele estivesse mentindo, o teatro continuaria mais um pouco. Rumávamos ao segundo ato.

— E esse embrulho?

— É um presente do Beto. São rolos de filmes antigos. Ele disse para eu revelar quando chegar em casa, terei uma surpresa. Quero só ver.

Era por isso que havia plaquinhas de metal em todo canto, informando o conteúdo, a época e a função de cada detalhe da vila. Os prédios foram tombados como patrimônio histórico-cultural, restaurados com incentivo da própria Marinha e, segundo papai, a ideia era transformar o local numa espécie de museu a céu aberto. Tudo falso e ao mesmo tempo verdadeiro, uma espécie de faz de conta. Os turistas contratariam visitas guiadas e poderiam ver com seus próprios olhos como era a vida ali mais de meio século atrás. Seriam, como eu era naquele instante, testemunhas históricas de uma ficção. Considerando que tudo mudou rápido nos últimos tempos, talvez houvesse algo interessante para mostrar. Me impressionou que nenhum canal de TV tenha noticiado o projeto. Pelo jeito ninguém, com exceção de papai, estava interessado na história do país, em especial naquele capítulo sem importância. Se houvesse qualquer reportagem a respeito eu teria visto.

Como supus logo que chegamos, não havia moradores na vila, apenas funcionários da empreiteira e da administração turística. Embora eu ainda não tivesse deparado com ninguém, papai afirmou que muita gente trabalhava para pôr o projeto de pé, inclusive contemporâneos seus, que prestavam consultoria e assumiam algumas tarefas específicas. Como era domingo, somente um pequeno grupo comparecera.

Era o caso do fotógrafo. Tinha sido contratado para receber os visitantes e mostrar, segundo sua experiência própria, como a vila funcionava na época em que vivera nela. Estava aposentado quando apareceram com a proposta, sem grandes perspectivas, disse papai.

Para fazer hora extra aqui na Terra, Beto aceitou, e parecia se divertir. Disse a papai que, se tivesse interesse, poderia arrumar um emprego também. Estavam contratando, melhor ainda se tivesse envolvimento com o lugar, uma vez que já não restavam muitos. Claro, se papai era criança na época, quase todos os antigos moradores já tinham batido as botas. Ele respondeu que era muita emoção para reavivar, não sabia se o coração aguentaria.

Sei lá que tanta coisa haveria para trazer à tona, parecia exagero de papai, ao que eu já estava mais do que acostumado. Talvez fosse interessante para ele ocupar a cabeça, se distrair, ver gente nova em vez de ficar alimentando aquelas suas tendências esquizofrênicas.

Cheguei a repensar o assunto nas semanas seguintes, e a ideia de ver papai trabalhando na vila ainda parecia boa. Cogitei conversar francamente, pedir que considerasse a proposta, nem que fosse por um período curto, só para ver como era. Mas a gente já não se falava direito, e aquilo pareceria uma tentativa de me livrar dele de uma vez por todas. Preferi me manter calado. E assim continuei.

— Onde ficava sua casa? – perguntei enquanto papai nos guiava por entre lojas fechadas e prédios administrativos que tinham pertencido à própria Marinha. Escritórios, burocracias, despachos, trabalho e dinheiro jogados fora por um monte de militares empregados na máquina pública, fazendo-a girar mais lenta, produzindo menos com mais. Alguns edifícios exibiam o brasão oficial no gesso da fachada. Em outros, vi mastros sem bandeiras hasteadas. Só mesmo meus pensamentos tremulavam; eu também queria voar para bem longe, pegar o carro e sumir estrada afora, era só nisso que pensava enquanto seguia papai por aquelas ruas desertas, cobertas de poeira e camadas de tempo recém-revolvidas.

Estava exausto e um tanto entediado. Só que a razão remanescente firmava meus pés no chão e insistia: espere papai, você precisa dele para encontrar a estrada. Não que esse lugar seja gigante, não que você seja incapaz, não é nada disso, mas espere uns minutos, talvez mais uma horinha, não custa nada. É melhor estar seguro com ele do que inseguro e sozinho, ainda que a diferença não seja tanta assim.

— Eu morava lá atrás – papai apontou para o lado oposto –, na ala oeste. Mais perto do quartel. Não foi restaurada ainda. Acho que não vale a pena procurá-la, deve estar em ruínas.

— O senhor não tem curiosidade?

— Na minha cabeça, a casa está perfeita, lembro muito bem dela. Se existe um lugar que a perfeição habita, um único lugar, é a memória. Tínhamos um quintal nos fundos, uma regalia reservada às famílias dos militares com patente mais alta. Eu passava a maior parte do tempo ali, brincando sozinho. Queria uma casinha em cima da árvore, um quartel general só meu, onde eu mandasse, mas não tive como construí-la. Coisa de criança. Árvores não faltavam, a maioria dava fruta, ficavam carregadinhas, lindo de ver. Bons tempos em que a gente comia direto do pé aquelas frutas saborosas e suculentas, que não existem mais. Nem a palavra, suculenta, sobreviveu. Você, nascido na era do supermercado, não faz ideia do que era aquilo. Figo, goiaba, nêspera, amora, mamão. As amoras manchavam os dedos, a boca, a roupa. As mangas também. Mangas rosa, daquelas bem grandes e cheirosas. Mamãe ficava louca da vida, corria atrás de mim e eu me escondia. Era divertido. Nós dois sempre acabávamos rindo juntos, e eu ia para o banho ainda com a roupa no corpo, que depois ficaria quarando na grama. O quintal era tudo para mim, minha parte favorita da casa. Na cozinha, na sala e nos quartos eu tinha que manter a ordem, havia o protocolo. Seu avô era rígido com essas coisas. Lá dentro era a casa deles, os respeitáveis senhores; a casa do militar, onde a ordem existia para ser obedecida. Já o quintal era meu, ninguém fazia a menor questão, contanto que não estragasse as hortênsias ou as ervas de cheiro, então eu podia inventar o que quisesse quando brincava nele – papai fez um minuto de silêncio enquanto reconsiderava a excursão pelo próprio imaginário. Ou enquanto censurava algum detalhe sórdido da história. – Até poderia dar uma olhada na casa, mas acho que ficaria chateado de ver o mato alto, as árvores malcuidadas, a cobertura destelhada. Prefiro deixar tudo como está aqui dentro – encostou a palma da mão no peito. Reparei que o suor apareceu no lugar em que a mão tocou, como se o tecido seco tivesse sido atirado numa poça d'água.

– As outras crianças da vila não brincavam junto?

– A gente brincava na escola. Em casa era diferente, a hierarquia dos pais pesava muito, ainda que o convívio entre as famílias fosse tranquilo. Você jamais entenderia, não pertence à sua realidade. Cada patente tinha a sua rua e o seu nível de moradia, que variava em localização, tamanho, conforto. Isso definia não só a hierarquia, mas também a condição social e as amizades. Nossa casa era bastante boa, estava entre as melhores, não tenho do que reclamar. Mas, como posso explicar para você? Era uma situação peculiar. Imagino que fosse mais ou menos como morar na empresa em que você trabalha, entende? Existem afinidades, os colegas se dão bem, trabalham em equipe. Só que tudo tem um limite, cada um tem a sua função, as coisas não se misturam por completo. Chefe é chefe, subordinado é subordinado. O lado pessoal precisa ficar fora da empresa. Só que aqui não havia lado de fora. Acho que isso colaborou para o modelo ser extinto. Chega o momento em que há um colapso, principalmente nas horas de crise, ou quando aparece alguém mal-intencionado. O equilíbrio forçado se desfaz. Nós morávamos dentro da empresa e aquelas normas rígidas comandavam tudo. Eu era pequeno, também não entendia direito.

Nem dava tanta importância, nasci daquele jeito, era o mundo que eu conhecia. Talvez fosse isso. Sua avó devia sofrer mais com as limitações e com a solidão; parte do que me lembro foi contado por ela, depois, quando eu era maior e podia compreender. Hoje é difícil saber quais memórias são minhas e quais foram herdadas, tudo se misturou e ganhou o mesmo estatuto. Seja como for, no meu caso, o limite era a escola. Lá dentro nós éramos tratados mais ou menos sem distinção, com vantagens apenas para os mais estudiosos. Do lado de fora, cada um tinha seu posto na hierarquia.

Papai devaneava. Olhei para ele e o vi em outro universo, em alguma fenda no espaço-tempo onde eu não poderia alcançá-lo.

Caminhamos em silêncio durante os minutos seguintes. Eu olhava ao redor com algum interesse. Ainda não sabia o que papai queria tanto rever, e logo passei a desconfiar de que ele também não. Era provável que só quisesse dar uma volta, remexer o baú em busca de tesouros perdidos. Notei que, de vez em quando, ficava sem rumo, embora continuasse andando para que eu não mudasse de ideia sobre adiar o passeio. Para ser sincero, eu até que começava a me divertir. A vila, apesar de desabitada, já não assustava mais. Aquele papo de museu a céu aberto fazia sentido, e ter sentido era reconfortante. Mesmo de longe eu conseguia ver as plaquinhas de metal nos prédios. Havia milhares delas, estavam em todo lugar. Quanto mais eu olhava, mais delas apareciam. Às vezes, deparava também com placas de direção, indicando aos turistas onde ficava a igreja, a escola, a fábrica de papel, o lago, a praça, o mercado central e a entrada da vila, que eu supunha ser o acesso oficial, onde todos seriam recepcionados para iniciar a visita. Havia inclusive um mapa estilizado com resumos das atrações. Fizeram um bom trabalho, que estava quase concluído. A vila parecia organizada e estruturada até demais para um empreendimento de que eu nunca ouvira falar. Como é que não noticiavam uma obra daquele porte?

 Já tínhamos cruzado alguns quarteirões de residências quando avistei o lago distante, numa baixada do terreno. O caminho que levava até ele era de terra batida, a grama se esparramava por toda a volta, chegando até os limites da água. O sol refletia no espelho lisinho, sem uma única ondulação; uma visão magnífica, em especial por causa da sede, que me deixava a boca áspera. Eu tinha vontade de correr ladeira abaixo, arrancando a roupa pelo caminho, e me jogar de uma vez na água escura do lago, fria e profunda, e assim recolocar a cabeça no lugar. Ao mesmo tempo, um sentimento confuso sugeria que eu não me enganasse; a miragem se desfaria na hora do salto e eu mergulharia de cabeça num banco de areia. Não podia me esquecer que camelávamos pelo deserto da memória de papai; espaço inóspito, desconhecido e cheio de perigos. Ele mesmo disse que nunca nadara ali, embora seus contemporâneos tivessem o costume. Havia inclusive um píer para quem quisesse pescar, ficava de frente para um gramado extenso onde as famílias esticavam toalhas e faziam piquenique. Eu não via nada disso, talvez porque a visão estava obstruída naquele ponto, talvez porque essas coisas já não existissem mais há décadas. Além disso, na época, o lago parecia maior e mais profundo, papai completou. Eu duvidei. O mundo sempre parece maior quando somos crianças.

Adiante, vimos casas com dois andares e um jardim convidativo. Se morasse ali, estenderia redes para tirar um cochilo depois do almoço. Também compraria uma mesinha de ferro e meia dúzia de cadeiras no mesmo estilo, sempre gostei de jardins com móveis brancos ornamentados. Então eu abriria o guarda-sol e me estenderia preguiçosamente, folheando uma revista e bebericando chá gelado, se desse vontade. No inverno, ao contrário, eu me recolheria em casa e através da janela de vidro do segundo andar ficaria observando o vento soprar lá fora, considerando se valia o esforço de saltar das profundezas fofas da poltrona para a pilha de edredons na cama. Passaria uma tarde inteira nesse dilema, sem peso na consciência. Bateu um desejo de que as férias não acabassem. Fato é que me restavam poucas horas até retomar o trabalho.

Quando passamos na frente de um prédio pintado de amarelo e branco, papai se lembrou das bombas de chocolate que minha avó lhe comprava, naquela que seria a confeitaria da vila. Achei engraçado, numa área militar, servirem bombas às crianças. A piada veio sem querer; guardei-a no bolso, pois papai já tinha saltado os três degraus que levavam ao deck do estabelecimento. Na época, o deck se chamava alpendre. Eu o segui, e colamos a face nos vidros da porta. Mantiveram lá dentro a arquitetura original, fazendo do lugar um café charmoso onde os turistas poderiam comer uma fatia de bolo ou tomar um sorvete ao fim da visita. Talvez comprar lembrancinhas de um lugar rememoriado; paradoxos não faltavam. Papai me falou outra vez da bomba de chocolate, que o deixava todo lambuzado. Morria de vontade, e de novo me veio a associação de morrer de bomba. Eu tentava tirar aquela besteira da cabeça enquanto papai contava dos quindins, tortas de morango e suspiros. Vendiam brigadeiros, que ali eram chamados de almirantes, também eram maiores e mais gostosos. Logo concluí que papai era uma criança mimada, comentário ao qual ele não se opôs. Sua infância me pareceu bastante prazerosa. Bateu um ressentimento, tive vontade de indagar por que ele não tinha me proporcionado infância igual. Eu adoraria ter lembranças como aquelas para compartilhar. Mas preferi me manter quieto, não era momento apropriado para estender o assunto, minha verdadeira preocupação ali era outra. Não mudaria nada, de qualquer maneira. O que estava feito, bem ou mal, estava feito.

Papai reparou que incluíram uma rampa para deficientes físicos na entrada. É bobagem achar que a vida de antigamente era melhor, sempre que ouço alguém choramingar por ter "nascido na época errada" me dá vontade de dizer para abandonar o progresso e a tecnologia, voltar a cortar lenha e morrer de tuberculose aos vinte e cinco anos de idade. Eu não trocaria minha época por nenhuma outra, a não ser uma futura, se houvesse como ter certeza.

Perguntei a papai sobre a fábrica de papel, que não se encaixava no contexto de uma vila militar. Ele disse que não existia em sua época, provavelmente fora construída depois que a Marinha abriu mão da vila, quando essa estrutura comunitária caiu em desuso. Ao menos ele não se recordava de nada a respeito.

Fiquei sem entender. O lugar não fora abandonado por completo? Se alguns habitantes tivessem permanecido quando a Marinha desativou o posto, a vila teria sobrevivido e não precisava ser restaurada. Talvez, e era apenas uma hipótese, a fábrica tivesse se instalado ali com seus operários para aproveitar as estruturas deixadas pelos militares, falindo alguns anos depois e abandonando a vila pela segunda e derradeira vez.

Papai considerava a teoria plausível. Quem poderia saber? Era apenas uma criança que viveu ali durante um período curto. Há quantos anos isso aconteceu? Décadas! De qualquer maneira, era só curiosidade minha, o papo morreu logo. Até porque foi mais ou menos nessa hora que encontramos os contorcionistas.

Papai teve uma espécie de surto psicótico, nem sei como explicar. Eu estava ansioso, queria muito encontrar alguém naquela vila deserta e obter informações concretas sobre como retomar o caminho para casa.

Continuávamos a caminhar a esmo, perdidos naquela espécie de região fronteiriça entre o passado e o presente, recolhendo curiosidades quaisquer. O que me incomodava era não ter visto ninguém de verdade. Ainda assim, considerando que o lugar não fora inaugurado, o vazio era quase aceitável. E era domingo, ninguém merece trabalhar no domingo.

Papai queria, de todo jeito, me mostrar a ponte que chamava de General Gentil. Era uma construção incomum, dizia ele, tipicamente militar, feita de aço tão resistente que suportava o trânsito de tanques de guerra e ainda se abria para a passagem de barcos por conta de um sistema hidráulico montado com correntes e polias. A ponte não era mencionada em nenhuma placa, o que eu achava estranho, já que deveria ser uma atração em si mesma. Não que isso me incomodasse, o estranho ali era a regra, não a exceção. Eu tinha assumido para mim mesmo que tudo poderia acontecer. Só não esperava que papai fosse embirutar de uma hora para a outra.

Ele suspeitava que a ponte ainda não tivesse sido restaurada, o que não me impediria de admirá-la. Nem a idade nem as intempéries poderiam abater estrutura sólida como aquela, talvez faltasse apenas uma demão de pintura para vir a público.

Como ele estava visivelmente desorientado, sugeri que tentássemos a ala oeste. Se a ponte aguardava restauração para ser incorporada ao resto das atrações turísticas, só poderia estar lá. Ao dobrarmos a esquina, numa rua pacata como qualquer outra, demos de cara com uma trupe de contorcionistas.

Fiquei um tanto desconcertado. Queria ver gente, talvez um guarda, um faxineiro ou alguém da administração fazendo hora extra no fim de semana, até para ter certeza de que podíamos ficar xeretando; se tivesse sorte, encontraríamos alguém que nos proibisse de estar ali, o que nos obrigaria a pegar o carro e partir. Podia até ser um daqueles velhinhos amigos de infância de papai, como o tal fotógrafo. Acontece que, bem na minha frente, estavam seis homens vestidos com ridículos macacões de lycra.

A idade depunha contra qualquer tentativa de eles parecerem esbeltos e viris: o tecido sobrava no sovaco dos mais magros e ficava fino, quase transparente de tão esticado na pança dos mais gordos. Tinham cabelos ralos e bigodes grisalhos, dava até para ver os pelos do peito escapando pela gola esgarçada do uniforme. Aquilo não era idade para vestir lycra, muito menos para fazer macaquices em público.

O grupo formava um círculo em torno de uma escada de madeira disposta no chão. Pareciam analisar um cadáver, talvez arqueólogos estudando um esqueleto de dinossauro. Pareciam também encenar uma comédia de época. Tudo exalava decadência, sensação que contrastava por completo com a vila, toda reerguida com afinco, exibindo sua plena forma e cheirando a nova. A trupe estava no cenário errado, só podia ser. Tinham se desgarrado do circo de aberrações quando a caravana passou ali algumas décadas antes.

Para completar, o sétimo membro, que só vi depois, era um anão, talvez alguém com grave problema de deformação física, não dava para ter certeza. Ele vestia o mesmo uniforme ridículo dos demais, que deixava seu corpo retorcido à mostra; os ossos forçavam o tecido elástico em diversos pontos não convencionais. Estava prostrado, com os braços firmes e longos caídos de lado, os músculos bem definidos, porém as pernas curtas e tortas atadas sem muita habilidade ao tronco, um protótipo reduzido ao absurdo, que terminava de supetão numa cabeçorra de feições grosseiras, sem pescoço. Era meio corcunda também. Para ser sincero, era uma figura tão esquisita que retive uma imagem abstrata na memória.

Diante daquele grupo peculiar, não podia ser diferente: papai foi direto falar com o anão. Que respondeu aos seus cumprimentos com uma horrorosa expressão de espanto.

Quando venci a suspensão causada por tal encontro, papai já caminhava na direção do homenzinho, gritando saudações de um jeito irreconhecível. Algo grave o acometeu de uma hora para a outra, transformou sua voz calma numa frequência histérica, e sua postura contemplativa numa agitação epiléptica. Não era mais papai, mas um homem possuído por uma força inconsciente. Eu não acreditava em meus olhos nem em meus ouvidos; pensei que, pela segunda vez na mesma tarde, o excesso de sol me causava alucinações. Só não tive como analisar minha saúde mental com a devida atenção porque papai causava um constrangimento terrível. Ele gritava para o anão:

– Que surpresa! Que surpresa boa, eu não acredito! – De braços abertos, papai se aproximava como se fosse agarrá-lo e sacudi-lo no ar, talvez o atirasse para uma pirueta e o acolhesse durante a queda com os braços estendidos à frente do corpo, eu antevia isso acontecer e procurava um lugar para me esconder de vergonha. – Jamais pensei que encontraria você aqui! – E, antes de continuar importunando a criatura, papai abriu parênteses, dirigindo-se de forma breve ao restante do grupo com um indiferente: – Como vão? Tudo bem, tudo bem?

Ficamos todos num estado apático, na mais profunda confusão. Não sei se apenas por causa do inesperado, quer dizer, pelo fato de nos encontrarmos de modo tão abrupto, ou se foram os gritos histéricos de papai, com aquela voz estúpida e distorcida, mas não entendi nada do que se passou nos instantes seguintes.

Quando a sintonia por fim sobressaiu ao ruído, eu e o resto do grupo visualizamos papai atazanando o anão com um enxame de perguntas, enquanto este se encolhia, fazendo menção de se arrastar para longe dali ou se esconder atrás das pernas dos colegas, como faz uma criança acuada na barra da saia da mãe.

– Você ainda mora aqui? Lembra de mim? Claro que lembra! E seu pai, como anda o seu pai? Ainda moram do lado da alfaiataria? Não passei por lá, senão tinha parado para cumprimentar. Ah, eu me lembro muito bem daquelas pernas curtas e ligeiras que entregavam os jornais bem cedinho, antes mesmo da gente acordar. Ele trazia a correspondência junto, mamãe achava muito gentil. Seu pai e o padeiro já estavam de pé antes do sol raiar. O leiteiro também, claro, como era mesmo o nome dele? Joca, José, Jair, algo assim. Mamãe tinha insônia, você sabe como é, ela é que me falava deles, eu não tinha como acordar tão cedo. Era mamãe que os observava por detrás das cortinas do grande vitral da sala, caminhando ainda de madrugada, adiantando o dia. Eu mesmo não os via, era muito criança, dormia que nem uma pedra. Sou assim até hoje, diga-se de passagem. Quero dizer, sou assim de dormir bastante, embora não consiga acordar tão tarde como antes. Coisa de gente velha, claro, você sabe o que quero dizer. Mas durmo bem, durmo bem, obrigado.

Papai era uma máquina de falar. O anão olhava com jeito de que não fazia a menor ideia de quem era aquele gagá tagarela, tampouco compreendia o conteúdo do monólogo, só que não tinha brecha para retrucar. Os contorcionistas viravam a cabeça de um lado para o outro, todos juntos, bem ensaiados, como se assistissem a uma partida de tênis. Uma cena trágica e cômica ao mesmo tempo, um em cada lado da quadra, passando a bola com força para o adversário. Papai falando, o anão correndo atrás das palavras, buscando oportunidade de rebatê-las. Mais distante, na arquibancada alta, estava eu, imóvel, sem saber como reagir. Fiquei tão aflito que, por um momento, me subiu um refluxo de risadas. Aliás, gargalhadas. Por sorte ninguém ouviu, já que o anão começou a falar quase na mesma hora com uma voz amável, tão incompatível com seu corpo quanto os grasnados empolgantes de papai:

– Desculpe, mas eu não tenho certeza se conheço você.

– Como? Eu morava logo ali – papai apontou, num frenesi, para qualquer lugar à sua esquerda –, encostado no muro do quartel, na direção da terceira guarita sul. Numa das casas com quintal no fundo, sabe? Qual é, não me reconhece agora? Eu não mudei tanto assim! – Vi uma careta tentando imitar a si mesma com algumas décadas a menos, se é que isso é possível.

– Senhor, eu não, como posso dizer? Não conheço você, desculpe.

– Péra aí, péra aí, talvez eu fosse muito criança. É claro, como sou estúpido, eu era criança demais para você reconhecer, isso já faz tanto tempo! Bom, você também era criança, fica difícil, eu sei, isso tem o quê, meio século? Pode ser ainda mais, não tenho certeza, falei com o Beto, não chegamos a nenhuma conclusão, nenhuma lembrança é boa o suficiente para cabeças tão exaustas. Você lembra do Beto? O que estou dizendo, que bobagem! Vocês devem se encontrar quase todos os dias aqui!

Reparei na diferença de idade entre papai e o anão, embora não fosse fácil avaliar aquele homem deformado. Ainda assim, tomando como base a idade média do grupo, deveria ser por aí, eles aparentavam ter entre quarenta e cinquenta anos, não mais do que isso. Papai já passara dos sessenta. A conversa não fazia o menor sentido.

Ele não dava trégua:

— Beto, o fotógrafo, claro que sabe quem é, acabei de falar com ele lá atrás, no estúdio. Ele estava, quer dizer, ele estudava comigo na turma da professora Assis, você conheceu? Teve aulas com ela? Senhora Assis, a gente dizia desse jeito, mesmo sabendo que não tinha se casado; o Beto me falou da restauração da vila e tudo mais, falou que estavam contratando antigos moradores, só não esperava encontrar você. Seus amigos também são daqui? Olá, olá, tudo bem? Me desculpem, não consigo me lembrar de todos, já faz tanto tempo!

— Senhor, veja — o anão parecia completamente sem graça. Muito me admira que sua paciência tenha durado tanto. — O senhor deve estar me confundindo, eu não sou daqui.

Os homens da trupe começavam a soltar piadas e risadinhas, que eu não conseguia ouvir direito por causa da distância. Na verdade, só nessa hora prestei atenção neles, tão concentrado que estava no dilema entre papai e o anão. Pensavam que papai era um velho doido, e eu não podia culpá-los, dadas as circunstâncias. O índice de improbabilidade do dia continuava subindo em direção ao infinito. Papai fazia tudo para confirmar as suspeitas. Reparei, e isso foi conclusivo, que sua voz ficava mais aguda e desafinada, parecia uma nova pessoa a cada frase. Dava-me arrepios, como se arranhassem o quadro negro com as unhas. Ele não parecia ouvir as explicações do anão.

– Mas e o seu pai, como está? Diga a ele que mandei um abraço. Nossa, eu adoro seu pai! Peça para ele me ligar, eu anoto o número, faz tempo que não passa lá em casa. Devo ter um papel aqui, em algum lugar – papai começou a revirar os bolsos.

Eu tinha notado algo estranho nessa sua última deixa, mas na hora não compreendi o que era. Até que ele continuou, fazendo com as mãos um sinal de "bobagem":

– O que estou dizendo? O número ainda é o mesmo! Ele sabe. Qualquer coisa, depois do trabalho, eu passo lá para papear.

O restinho de noção que papai vinha racionando nos últimos anos escapuliu de seus dedos e rolou ladeira abaixo. O anão se cansou da sua maluquice e respondeu com dureza, querendo colocar o ponto final na história:

– Senhor, meu pai faleceu há treze anos. Ele não tinha pernas curtas e não entregava jornais, meu pai era barbeiro. E morava bem longe dali. O senhor está me confundindo, entendeu? É o que estou tentando lhe dizer, o senhor está me confundindo com outra pessoa!

A notícia da morte fez papai se calar. Com sorte, também o faria voltar a si.

O anão se deu por satisfeito. Zangado, parecendo inclusive um pouco ofendido, girou para trás, fazendo menção de retomar o trabalho. Os companheiros também se viraram para o centro do círculo, exibindo no canto dos lábios a graça que aquele desencontro peculiar proporcionara a uma tarde que tinha tudo para ser entediante.

A escada, a respeito da qual discutiam, fazia parte do número que seria apresentado; eles apontavam para aqui e para ali, combinando detalhes, considerando possibilidades, talvez relembrando a posição de cada um quando estivessem trepados nela. Faziam aquilo de maneira pouco natural, sem prestarem atenção, tentando ignorar o desconforto do anão com a cena que se passara. Faziam por solidariedade ao companheiro. Não importava, o clima estranho permanecia no ar, que todos nós inspirávamos bem fundo. O anão se esforçava para superá-lo e, por causa disso, sua atitude acabava meio fingida. Como se a questão estivesse resolvida.

Era provável que fossem ensaiar logo mais. Talvez não fossem contorcionistas, no final das contas, mas equilibristas ou malabaristas. Combinava melhor, considerando que não seria fácil manter a elasticidade naquela idade. Eu mesmo, vinte anos mais novo, não conseguia agarrar os pés sem dobrar os joelhos. Nem mesmo um pé, na verdade. Imagine eles. Enfim, eu não tinha certeza de mais nada. Tanto as roupas quanto a escada, incluindo os próprios artistas, eram tão precários que eu duvidava da beleza da apresentação, da mesma maneira como eles deveriam duvidar da sanidade de papai.

Aproximei-me de papai querendo oferecer apoio. Seria bom para esfriar o entusiasmo que deixara sua voz fora de sintonia. O circo tinha terminado. Acontece que ele não engoliu a notícia da morte do pai do anão, muito menos o descaso com que fora recebido. Gritou como um cão raivoso:

– Escute aqui, não se faça de desentendido, eu não estou confundindo nada! Sei muito bem do que estou falando. Pode me ignorar se quiser, eu telefono para seu pai e ponto final, eu ligo e falo com ele sem a droga da sua ajuda, seu imprestável. Como pode? Mamãe gosta tanto da sua família, e você me trata assim?

Era isso. Foi o que achei estranho na frase anterior de papai, só que não consegui me dar conta de imediato. Ele se referia ao passado conjugando as frases no presente, como se minha avó ainda fosse viva, como se o pai do anão ainda estivesse vivo, fosse quem papai imaginasse ou não. Coisa de décadas antes! Estava completamente fora de si. E sua voz não soava histérica, foi nesse momento que percebi, ela parecia mais jovem. Ou pelo menos eram as cordas vocais de um velho imitando a voz aguda e desafinada de um adolescente. Enlouquecera de vez, e agora eu também estava convencido disso.

Os insultos desequilibraram a situação, que já não era das melhores, e a balança ia pender para o nosso lado. O que era muito ruim, dado que seriam sete e meio sujeitos decrépitos contra eu e meu pai biruta. Porque naquela hora eu já estava metido na confusão, tinha desperdiçado a chance de correr para longe enquanto havia tempo. A aparência ocasional do encontro ruiu de vez. A trupe se pôs à frente do anão. Passei os braços pelas costas de papai e o arrastei dali à força. Ele resistiu um pouco, mas acabou cedendo. Aproveitei para fazer aos contorcionistas um sinal de "deixa disso". Eu queria pedir desculpas para evitar uma confusão maior, só não sabia como. Acho que fiz também um sinal para justificar que meu pai era maluco, como se tal explicação fosse necessária.

Enquanto recuávamos, o anão levantou a voz uma última vez:

– O senhor é louco? Eu não moro aqui! Nunca morei aqui, nem sei o nome deste lugar. Só estou aqui por causa da merda da inauguração! Vão fazer uma festa, vão fazer a porra de uma festa de inauguração, contrataram a gente e ponto final. Só isso. Eu não conheço você, nunca vi mais louco. Nunca vi mais louco! Ouviu bem?

Os gritos nos impeliram para longe. Apertei o passo tanto quanto apertava o braço de papai, conduzindo-o pela rua de terra vermelha. Apenas quando os contorcionistas ficaram bem para trás, papai e eu passamos a caminhar com mais dignidade. Meu coração palpitava de nervoso. Papai, mais calmo, parecia inconsolável, seguindo-me com a cabeça baixa a dois ou três metros de distância. Eu, por minha vez, repassava mentalmente o sufoco desde o início, tentando entender até onde a história de papai se sustentava. Óbvio que ele tinha se atrapalhado com as lembranças, talvez porque se emocionara além da conta. Confundira a realidade exterior com aquela que criava para si mesmo, disso eu não duvidava. Só que, para variar, tinha algo a mais acontecendo. Mesmo se tratando de papai, qual a chance de se confundir um anão contorcionista com outro? Quer dizer, quantos desses existem por aí? Será que o anão mentira? A dúvida era a única evidência que restava.

Eu não cheguei a essas conclusões na hora, por mais que pareçam simples, até porque estava louco da vida com papai. Era só o que faltava, apanhar de uma trupe de contorcionistas em fim de carreira por causa das variações de um velho. Eu sentia uma mistura de piedade e desejo de voar em seu pescoço. Não bastasse a confusão na estrada, com o mapa de guardanapo e seu enganoso senso de direção, mais aquela vila bizarra. Surtou e ofendeu a família de um anão, tudo porque papai não conseguia controlar a língua, tudo porque o filho da puta não conseguia sequer controlar a própria língua! Ele era assim, sempre superando expectativas, sempre me surpreendendo. Papai me tirava do sério. Ele e as suas fantasias.

Continuei a puxar a procissão que só um homem seguia, arrastando um contrapeso de dúvidas e decepções. Avançávamos devagar, eu sempre um pouco à frente, sem que papai me alcançasse. Acho que não queria me encarar, ainda estava abatido pelo episódio recente. Tínhamos vencido um quarteirão e meio, no máximo, quando ouvi passos apressados vindo em nossa direção. Olhei de soslaio. Papai sequer percebera o movimento, afundado num poço de inconformismo. Quem vinha era um dos homens da trupe, o mais magrelo deles, chutando ar e levantando pedregulhos, balançando os braços de um jeito desengonçado. Parecia um boneco de borracha. Quando se aproximou o bastante, levantou as mãos, avisando que vinha em paz. Não dei muita bola, na verdade. Estava com vergonha do que acabara de acontecer. Continuei a caminhar em marcha lenta, o homem ofegou ao meu lado e me acompanhou, sem saber como iniciar a conversa.

Papai seguia uns passos atrás, como que por inércia, parecendo um zumbi. A desolação em seu rosto anunciava também a insolação à qual estávamos sujeitos. Meu cabelo grudava na nuca, o suor meio seco por causa da poeira. Uma cascata também descia pela lateral do rosto do contorcionista, fazendo-o brilhar. O fim da tarde se aproximava, trazendo consigo abafamento e desesperança típicos das cidades do interior. Era o dia morrendo.

O contorcionista virou a cabeça para trás com intuito de analisar papai. Por fim, me perguntou em voz baixa se estava tudo bem, um sussurro amável e sincero.

Primeiro, dei de ombros. Só que o homem vinha com as melhores intenções, merecia resposta menos orgulhosa:

– Acho que sim. Desculpe a confusão.

– Não tem problema – respondeu. – Sabe, eu tenho uma tia assim, não tem mesmo o que fazer.

Eu não sabia direito o que ele quis dizer com "assim", mas era evidente que diagnosticava alguma doença mental em papai.

– Peça desculpas também ao seu amigo, não sei o que deu em papai. Acho que se confundiu mesmo, misturou as coisas; ele ficou muito emocionado ao rever este lugar.

– Não tem problema, já passou. Mas me diga uma coisa: o que vocês estão fazendo aqui? Achei que a portaria estivesse fechada. Tivemos que acordar o zelador para entrar. E foi difícil, nos desdobramos em sete para conseguir a façanha –, disse com descontração e mostrou um sorriso maroto. Admirei seu empenho em parecer simpático.

– Chegamos por acaso, perdidos na estrada. Primeiro tomamos uma via secundária, depois um caminho de terra e demos aqui, logo atrás do Corpo de Bombeiros. Tem um descampado lá. Talvez aquele acesso nem devesse estar aberto, eu não tinha como saber. Também foi por acaso que papai reconheceu o lugar, ele morou aqui durante uns anos quando era criança – olhei para papai, agora mais de dez metros atrás, e acrescentei em tom acusador –, uma coincidência bastante questionável.

O homem também olhou para ele, porém não tinha como compreender meu sarcasmo. Teve pena.

– Por fim, decidimos dar uma volta antes de retomar a viagem. Acho que já está na hora de puxar o carro.

O homem não deu atenção à minha tentativa de encerrar o assunto. Desviou os olhos para as casas ao nosso redor e começou a explicar:

– Fizeram um trabalho fantástico aqui. Tudo muito rápido. Cheguei a ver um pouco de como era antes da reforma, vim participar de uma reunião do comitê organizador enquanto planejavam a cerimônia de abertura. Uma coisa incrível mesmo, deve ter custado bilhões. Este lugar estava arruinado que nem aqueles filmes apocalípticos.

– Então restauraram tudo mesmo?

– Você não faz ideia. Bom, nem eu faço, na verdade. Quando vim para cá, as obras já estavam adiantadas, faltava apenas uma coisa ou outra. Um mato alto aqui, uma casa ali, jardinagem, pintura, acabamento. Detalhes, considerando o tamanho do empreendimento, mas já deu para sacar como era antes. Eles me levaram para ver a parte em que ainda não mexeram, lá do outro lado, mas era tarde e eu só vi de longe.

– A ala oeste?

O homem me olhou sem entender, deu de ombros e disse apenas:

– Deve ser. – Um pouco adiante, continuou – Só duvido que dure muito tempo – ele abaixou o tom de voz, quase surrando, como se mais alguém pudesse ouvir. – Cá entre nós, como é que isso aqui vai se sustentar? Quantos ingressos vão vender? Puff –, fez esse barulho descrente com a boca e levantou os braços, indignado, sem alcançar resposta. – Uma estrutura deste tamanho no meio do nada? Quem, a não ser ex-moradores como vocês, vai se interessar por uma cidade fantasma? Sem ofensa, claro. Mas não conheço ninguém que dirigiria centenas de quilômetros para conhecer isto aqui. Na primeira vez que vim, o projeto me pareceu delírio da empreiteira. Agora, é pior ainda. Mas vai saber, né? Esses caras sabem investir. Talvez tenha um segredo por trás disso tudo, talvez seja apenas lavagem de dinheiro. Seja o que for, eu só quero garantir o pagamento do show. Depois, boa sorte, cada um tem os seus próprios problemas para resolver.

Eu não tinha como discordar. De qualquer maneira, não entendia nada do assunto nem tinha o que acrescentar, exceto suposições vazias.

– Este lugar me dá arrepios – admiti.

O contorcionista riu. Fiquei meio sem graça, mas senti em sua risada uma nota grave de nervosismo. Estava lá, bem escondido no seu allegro ma non troppo, soava junto e levemente em desafino com o restante do comportamento. Talvez sentisse o mesmo que eu, apenas não queria aceitar. Podia ter visto algo suspeito, e preferia não falar a um desconhecido. Andamos mais alguns metros, até que parou e me estendeu a mão.

– Preciso voltar para o ensaio, queremos terminar antes de escurecer. Vocês ainda ficam mais um pouco?

Apertei a mão dele e respondi:

– Só mais uns minutos. Quero voltar logo para casa, também trabalho amanhã, fim de férias. Obrigado pela força.

– Que é isso, não foi nada. Se puderem, apareçam para o show. É sábado que vem, a partir das dez, se não me engano. Dez da manhã. Ainda preciso confirmar. Deve ter umas solenidades primeiro, sabe como é, dá para enrolar um pouco na cama.

Sorri e me despedi novamente, agradecendo o convite, prometendo por mera educação que consideraria retornar para o show e desejando a ele um bom trabalho. Antes que se afastasse, me desculpei uma última vez pela encrenca.

Ele terminou com um aceno de cabeça e voltou para seus companheiros, trotando daquele jeito engraçado e deixando para trás um até breve.

Quando passou por papai, fingiu levantar um chapéu imaginário como sinal de cumprimento. Papai tirou os olhos do chão por um instante e respondeu com um sorriso frouxo, erguendo de leve o panamá que trazia na cabeça. Quando completou o gesto, o homem já estava longe, afastando-se com pulinhos cheios de graça e entusiasmo.

Fiquei parado, observando papai rastejar até mim. Acabei sem ter certeza se era mesmo um contorcionista, um equilibrista ou um malabarista. Talvez outra coisa do tipo. Fiquei sem graça de perguntar isso e uma porção de outras coisas. Queria saber como foram parar ali, o que tinham visto, quais eram as suas impressões do lugar, se achavam que havia algo incomum acontecendo etc. Mal conhecia o homem, o que poderia pensar de mim? Já estava longe. Fosse quem fosse, parecia ser boa gente.

Saí de casa assim que pude pagar um aluguel. Expliquei que precisava morar mais perto do trabalho e ter um pouco de espaço, mas a verdade é que não suportava dividir o teto com papai.

Eu era apenas um menino. Tentei admirá-lo. Papai era um sujeito de coração aberto ao mundo, porém resistente às modernidades que me interessavam. Não aceitava minha maneira de pensar, o que complicava as coisas e me irritava um bocado. Não dava a menor atenção. Às vezes, eu achava bonita a sensibilidade com que encarava o dia a dia, capaz de admirar a tempestade enquanto eu me preocupava em tirar os eletrodomésticos das tomadas. Foi papai que me fez assim. Ele me criou como o seu oposto, um reflexo no espelho que parece idêntico, entretanto, completamente invertido. Tinha sua paixão pela natureza, a facilidade com que fazia amigos e blá, blá, blá. As pessoas, em geral, gostavam dele. Papai se relacionava bem com tudo e com todos. Eu o admirava na medida do possível. Eu tentava, de verdade.

Para mim, a vida tinha que ser conquistada com suor e sangue, eu não queria crescer e continuar com os mesmos sofrimentos da infância. Era nisso que acreditava. Trabalhava como um louco, tinha acabado de me formar, precisava que valorizassem meu esforço; eu queria a aprovação dos outros, precisava muito disso. Em contrapartida, papai passeava e sorria, fazia um bico, ganhava uns trocados, ajudava este e aquele e o mundo vinha se oferecer a ele, abanando o rabo como um cãozinho carente. Eu me matava de trabalhar enquanto ele conseguia as coisas com facilidade, mas só porque ele sabia que eu estava por perto caso precisasse. Aquilo me deixava louco. Era injusto que contasse com minha ajuda depois do que me fez passar. Papai tinha todos na palma da mão, menos eu. Eu não entrava na dele.

Havia outra questão: a casa me fazia lembrar demais de minha mãe. Sentia sua falta, e compartilhar a dor com papai só piorava as coisas. Quer dizer, não havia dor do lado dele, ou ele não deixava transparecer. Falava do dia em que se conheceram, na festa de aniversário de um amigo, dos primeiros anos de casados, a gravidez não planejada, o começo difícil. Punha a culpa em mim sem ter consciência disso. Não entendo, papai aceitava a morte dela com uma naturalidade que me deixava inconformado.

Quando minha mão morreu, o "nós" logo se separou em "eu" e "ele". A ideia de lar se fragmentou. Aconteceu assim, fazer o quê? Não havia razão para ser diferente. Sempre fora assim, compartilhávamos o sobrenome e dividíamos o teto. Se eu pudesse, também deixaria o sobrenome para trás.

Talvez eu me sentisse culpado se abandonasse papai por completo. Apesar de tudo, era o único pai que tinha. Telefonava de vez em quando, almoçava em sua casa ao menos um domingo por mês, tentava conversar sobre assuntos banais, sem cutucar o passado com vara curta. Estava superado, ou ao menos eu fingia esquecer. Papai percebia que não agradava e me respeitava na medida do possível. Ele se esforçava, tínhamos um relacionamento cordial, fundamentado pelo hábito.

Chegamos ao consenso de que receberia melhores cuidados se mudasse para uma casa de repouso. Não os depósitos de velhos que a gente vê em denúncias de jornal, eu não seria capaz, mas uma instituição decente, com pessoas de mesma idade, enfermeiros, atividades programadas e estrutura apropriada. Um lugar bacana, bonitinho, como a gente vê nos comerciais. Onde o mantivessem ocupado. Papai estava velho, não tinha outro jeito, não podia continuar solto por aí. Eu tinha estabilidade financeira, poucos custos, podia pagar. Nessa época, já estava bem de vida. Seria uma espécie de hotel em que ele se divertiria, teria companhia e também o seu próprio canto, conforme preferisse.

Eu tinha certeza de que ele acharia um absurdo, um atentado contra a sua liberdade e essas coisas, talvez causasse transtornos graves, mas papai aceitou a sugestão numa boa, fiquei chocado, e talvez um tanto desapontado. Estava cansado de discutir? Nos anos em que viveu na casa de repouso, dizia-se satisfeito, então estava bom para mim também. Tinha tudo de mão beijada, vida mansa, só precisava usufruir que eu bancava.

O lugar ficava a quatro horas e meia de carro de onde eu morava, portanto não poderia visitá-lo com a mesma frequência de antes. Até porque eles não tinham como receber hóspedes, era um transtorno, eu dirigia nove horas num único dia, ida e volta, ou arranjava uma pousada para passar a noite, se fosse fim de semana, por exemplo. Prometi que apareceria nos feriados e que, ao menos uma vez por ano, faríamos uma viagem juntos para compensar. Muito melhor do que os outros velhinhos tinham, porque quase nenhum parente os visitava. Além do mais, eu vivia sozinho, não tinha nada para fazer nas férias, então sugeria um destino turístico com atrações diversificadas, tipo hotel fazenda, resort, pacotes prontos, de modo que nos mantínhamos ocupados a maior parte do tempo. A estratégia se resumia em evitar bate-papos prolongados por meio da distração pura e simples. Entretenimento sadio, é isso que eu buscava. Se ficássemos entretidos com futilidades, até que nos dávamos bem. Papai dizia gostar das viagens, embora me parecesse não fazer tanta questão. Eu percebia que, para ele, não fazia diferença se estávamos em outro país ou na rua de trás do asilo. Ele envelhecera, não ligava para nada, ao menos era essa a impressão que eu tinha. No final das contas, aceitava meus convites por mera educação, ou para evitar embaraços maiores. Quer dizer, eu gostava de fazer algo por ele, não é disso que se trata. Eu me sentia bem ao ajudar, não fazia por obrigação. Tampouco quero alimentar uma ilusão; nossas viagens eram semelhantes a exercícios físicos na academia: cansativas, repetitivas, exigiam boa vontade e esforço tremendos para um resultado apenas satisfatório; só compensavam mesmo por causa da sensação boa que restava quando terminavam e eu podia voltar para casa com a consciência tranquila.

No dia em que fomos parar na tal vila, voltávamos de uma dessas viagens. Papai já não aguentava encarar roteiros distantes do asilo, nem muito complicados, então eu reservara uma semana num hotel sossegado, onde pudemos tomar banho de piscina aquecida, comer e descansar. Foi nossa última viagem juntos. Depois de tudo o que aconteceu, achei que era hora de romper de uma vez por todas o compromisso moral que teimava em nos unir, e que vinha se desgastando ao longo do tempo. Foi ali que me dei conta da verdade. A corda que nos prendia um ao outro já não passava de um barbante fino, que se rompeu naturalmente, não foi culpa de ninguém. Talvez tenha sido culpa dos dois, não faz diferença agora. Aconteceu e ponto, não havia a menor possibilidade de continuarmos a viver daquele jeito, com os dois apenas subsistindo sem afeto.

O contorcionista voltou para sua trupe e, de novo, restamos eu e papai, mais a delicada decisão sobre o que fazer. Eu recomeçava a me encher da situação, enquanto ele permanecia cabisbaixo. Percebeu a bagunça em que nos metera porque não conseguia medir as consequências dos seus atos; parecia arrependido, o que não era comum. Jamais sofria de consciência pesada; pela sua cara de desolação, supus que recebera uma luz naquela hora. Pode ser também que estivesse inconformado por ter arruinado parte das suas memórias, que já não condiziam com a realidade. Sua imaginação fértil tinha se revelado, com personagens e enredos inventados. Eu não suportava mais, fosse a história que fosse, não esperava explicação ou pedido de desculpas. Preferia pular esses capítulos e ir direto ao final; precisava saber se nos safaríamos. Papai tampouco fez menção de se manifestar. Por infelicidade do destino, estávamos habituados àquele tipo de desconforto mútuo.

O sol flertava com o horizonte. Papai o observou com vagar, ponderando o próximo passo, e propôs que fôssemos até a casa onde morou, uma vez que não estávamos tão distantes de lá. Só passar em frente, seria a última excursão do dia, palavra de honra. Eu não escaparia dessa, estava claro desde o início que papai não deixaria aquela vila sem visitar a velha casa. A quem ele queria enganar? De todo modo, precisaríamos cruzar a ponte General Gentil para irmos embora, então eu teria minha chance de conhecê-la; papai explicou em tom de desculpa, como se eu fizesse muita questão de ver a ponte. Na verdade, o desejo era seu. Ou um subterfúgio para adiar nossa partida.

Fizemos um trato. Caminharíamos até a parte da vila ainda não recuperada, papai daria uma olhada rápida no estado lastimável em que sua antiga casa se encontrava e poderíamos alcançar a estrada antes de anoitecer. Se eu tivesse sorte, seria impossível entrar, o que apressaria a visita. Se tivesse mais sorte ainda, ela estaria demolida. O trato era definitivo, eu não estava nem um pouco disposto a permanecer ali quando escurecesse, até porque já era difícil encontrar o caminho durante o dia. À noite, tínhamos uma enorme chance de atolar ou cair numa vala, sabe-se lá que tipo de tragédia ainda nos aguardava. Eu não perderia meu emprego por causa das manias absurdas de papai.

Chegamos em questão de minutos. Papai falara a verdade, era perto, ao menos ele ainda podia se localizar.

O pessoal da construtora erguera uma parede de tapumes decorativos para delimitar a área de acesso dos visitantes. A pintura mostrava planícies verdejantes, céu azul e uma bolota amarelo limão que deveria representar o sol, embora o padrão se repetisse e a cada quinze metros houvesse outro e outro sol, como num caleidoscópio. O desenho era estilizado, lembrava grafite. Lembrava também desenho de criança, nada a ver com o lugar. Eu olhava para o sol esverdeado do tapume e para o sol de verdade, laranja bem escuro, mais perto do horizonte do que eu gostaria. O céu real também parecia menos idealizado.

Além do desenho, outra coisa repetida nos tapumes era um alerta, que mandava não ultrapassá-los. Placas grandes, pintadas de vermelho vivo, com sinal de proibido. Bem diferentes daquelas de aço escovado com curiosidades turísticas. Não havia como argumentar que não as tínhamos visto, elas apontavam o indicador na nossa cara. Parecia prudente obedecê-las. O que não faríamos, claro. Não haveria prudência que convenceria papai a dar meia-volta.

Quando desenrolei a corrente e afastei a chapa de compensado que servia de portão, vi a cidade de Berlim em meados de 1945: escombros por todos os lados, crateras do tamanho de carros no meio da rua e, para piorar, mato alto. Incrível como a vida sempre arranja um jeito de piorar o quadro. Ao meu lado, papai parecia uma estátua, acho que nem respirava. Eu via o reflexo do sol se deitando em seus olhos arregalados. Quis apressá-lo ou, quem sabe, fazê-lo desistir, mas ele parecia em choque, achei melhor deixá-lo se recobrar primeiro. Foi nessa hora que me dei conta do trabalho imenso da empreiteira na porção da vila já reerguida. Que, por infelicidade do destino, estávamos prestes a deixar para trás.

Avançamos devagar, evitando tombos e ataques de bichos. Não era mais possível discernir ruas, calçadas e prédios em ruínas, o que dificultava muito o processo; tudo adquirira a mesma forma de entulho. Papai não se lembrava para qual lado ficava a casa. Sua referência era o muro do quartel, abaixo da guarita três, só que não conseguíamos avistar o tal muro, muito menos qualquer sinal de existência de um quartel.

Em suma, caminhávamos a esmo mais uma vez, quando deveríamos estar de volta à estrada. O lugar era grande, eu não conseguia determinar um limite. Teríamos que apostar na tentativa e erro, com maior chance de erro. Voltou a passar pela minha cabeça a possibilidade de pernoitar na vila, e ela já não parecia tão assustadora quando comparada com ficar preso na ala oeste, que estava num estado de conservação deprimente como as cidades assaltadas em filmes de guerra. Conservação nem era o termo apropriado, estava mais para estado de destruição.

A vegetação se alastrava pelas paredes, teto e outros lugares improváveis das construções. Nunca entendi por que as pessoas admiram ruínas de um passado às vezes tão distante. Fragmentos são a decadência da civilização.

Naquele pedaço da vila em que estávamos, a maior parte dos telhados tinha desabado, as rachaduras nos muros pareciam gigantescas feridas necrosadas. Da pintura, não restara nem vestígio, mal dava para ver o reboco; em alguns casos, era difícil até mesmo distinguir o fim de um terreno e o início do vizinho. De certo modo, eu me sentia dentro de um dos documentários do Discovery. Se fôssemos cientistas descobrindo uma civilização antiga, eu diria que um terremoto tinha posto fim a ela. Um terremoto bem forte.

Estávamos numa área residencial. Como num programa de habitação popular, as casas eram todas iguais, variando a cada quarteirão entre três modelos, das maiores e mais confortáveis às menores e mais simples. Levei tempo para identificá-las, era necessário pressupor muita coisa. Aos poucos, minha vista se acostumou com os escombros do mesmo modo como se acostuma à escuridão quando apagamos as luzes. Passei a distinguir os detalhes que faziam um amontoado de entulho mais refinado do que o outro. Cada modelo de moradia servia a um grau na hierarquia da Marinha, conforme papai explicou. Como categoria de quarto de hotel: standard, melhorzinha e luxo. Ao invés de apenas ganhar uma mesa maior no escritório, talvez uma sala exclusiva com secretária, os militares promovidos também mudavam de casa. Só que papai não sabia dizer qual casa alojava qual patente. Não importava, não entendo nada do assunto, o único posto que decorei é o de Brigadeiro porque acho o nome engraçado.

A fábrica de papel também ficava daquele lado, reforçando nossa teoria de que fora construída após os militares abrirem mão da vila. Afinal, quem levantaria uma fábrica no meio de uma área residencial? Imagino que ninguém da Marinha. Outro ponto: se fosse original, para que os militares a usariam?

Chegamos a ela logo que vencemos os primeiros quarteirões. Um galpão com frente ampla e um pátio murado que o deixava distante da rua, bem fundo no terreno, diferente do restante das construções. Parecia, inclusive, bem menos antiga, com outro estilo de arquitetura. Melhor conservada também. Como as placas na vila faziam referência a ela, era provável que logo a restaurassem. Podia ser interessante, se pensarmos em termos de turismo. Eu sempre quis conhecer uma fábrica, em especial quando era criança e assistia ao filme da incrível fábrica de chocolate.

Enfiamos a cabeça entre as barras da grade, na entrada principal, e esticamos o pescoço para espiar. O piso do pátio era de concreto, com boa fundação para aguentar o peso dos caminhões, tanto que o mato não crescia ali. Por sua vez, o prédio era alto e largo. No canto esquerdo dava para ver as portas corrediças e as esteiras por onde a mercadoria era conduzida. O piso ficava na altura da caçamba de um caminhão, portanto bastava empurrar a carga pelas esteiras e aprontá-la para o transporte. Toda empresa de logística é assim, mas eu nunca tinha visto tão de perto. Papai observava tudo com curiosidade; a fábrica era novidade para ele também. No lado oposto ficavam os escritórios. Tinham janelas grandes, porém os vidros estavam tão sujos que não enxergávamos o interior, ainda mais àquela distância. O meio do prédio, que na realidade era a parte mais extensa, tinha dessas portas de aço que se enrolam para cima, todas fechadas. Por ali se acessava a área de produção.

Ainda estava analisando o lugar quando ouvi papai forçar a fechadura do portão, bem ao lado da guarita. Tive a sensação de que o alarme soaria e o segurança apontaria um revólver para nós. Foi só um pensamento que me ocorreu na hora, como se alguém se importasse com aquele prédio. Papai empurrou com os ombros, dando encontrões, até que a trava cedeu. Ficou toda amassada. Por causa do impacto, o pó de ferrugem desenhou uma linha vermelha no pavimento; um alerta disfarçado de acaso.

– Quer olhar mais de perto?

Dei de ombros e cruzei a linha também. Segui papai ao longo do pátio. Era mais fácil andar ali, onde apenas um matinho ou outro se opunha à nossa presença, o resto era concreto sólido bem assentado. Mais perto do prédio, sequer mato havia, talvez porque a luz do sol não chegasse com tanta intensidade.

Tinha muita poeira e montanhas de folhas varridas pelo vento. Verificamos as portas e as janelas, estavam trancadas. As grades enferrujaram no lugar, jamais conseguiríamos levantá-las com as mãos, mesmo que pudéssemos destravá-las. Os vidros encardidos não deixavam a gente enxergar nem mesmo olhando de perto; uma espécie de limo tinha tomado conta deles no lado de dentro. Era poeira de muitos anos impregnada na superfície, formando uma crosta espessa. Dava vontade de raspar tudo com uma espátula, mas para isso teríamos que entrar primeiro.

Na lateral direita, dobrando a esquina do prédio, encontramos um acesso. Por incrível que pareça, a raiz de uma árvore tinha deslocado a porta; ela crescera tanto que forçou o concreto do piso, empurrou a porta para cima e a arrancou do batente. Parecia feito de propósito, dava para ver as dobradiças retorcidas, como se alguém armasse uma alavanca; o que seria mais plausível, não fosse a raiz evidente que rasgava o cimento batido do chão. A folha da porta não estava ali, quem sabe que fim levara? Deve ter demorado séculos para a raiz crescer daquele jeito, a fábrica estava abandonada há quanto tempo? Olhei ao redor. Nenhuma árvore parecia próxima o suficiente. Eu via a raiz, mas não sabia dizer de onde vinha.

Mais impressionante foi constatar que o lado de dentro do prédio permanecia bem conservado, na medida do possível. O teto não havia cedido, faltavam poucos pedaços das telhas de amianto, que se quebraram em lascas fibrosas e abriram buracos compridos. A luz alaranjada do fim da tarde entrava por eles e produzia colunas brilhantes na poeira em suspensão, exatamente como faziam as copas das árvores na estradinha que nos levara até a vila. Deveriam existir, naquele pó, espécimes de ácaros nunca registradas pela ciência. Mas as paredes, ainda que manchadas de mofo e descascadas, continuavam com aparência de paredes, o que era um luxo, considerando o estado das construções ao redor.

Atravessamos um longo corredor, deixando pegadas nas lajotas. De tanta sujeira, nem reparei onde terminava o cimento e começava o piso frio. Acumulada ao longo dos anos, a poeira era quase fofa. A mesma poeira vermelha que cobria todos os lugares; a aura da vila.

Ouvíamos também um ruído de coisa velha, que ficava mais alto na medida em que nos aproximávamos dos escritórios. Eu andava com cuidado, na ponta dos pés, como se não quisesse ser percebido. Se houvesse ali um bicho selvagem, por exemplo, como poderia adivinhar?

Papai, ao contrário, caminhava absorto, olhando ao redor sem procurar nada específico. Eu prestava atenção ao ruído. Um nhec-nhec constante. Nhec-nhec, nhec-nhec. Seria causado pela ação do vento, balançando um lustre ou uma janela qualquer. Um ruído peculiar, sem dúvida, tudo ali era velho o bastante para resmungar. Lembrava também uma cadeira de balanço, hipótese que descartei de imediato, dadas as circunstâncias. Mas soava como uma cadeira de balanço, oscilando para trás e para frente em ritmo constante.

Uma corrente de vento passava por nós. Era fácil percebê-la naquele abafado úmido do fim de tarde. Vinha da porta lá atrás, ou do que restara da porta, e se adiantava na exploração do sítio arqueológico em que nos metíamos. As folhas das árvores que conseguiram entrar mostravam o caminho, contornando móveis e paredes. Seguindo-as, cruzamos salas em que todo tipo de coisa era estocado, desde grandes tonéis de material químico até amontoados de caixas de papelão desmontadas, tudo jazia num sono profundo. Também ali havia um cheiro de solvente, não como aquele da vila, mas ainda uma densidade adocicada que bailava no ar, proveniente das matérias-primas de fabricação do papel.

As coisas estavam reviradas, largadas de qualquer jeito, como se os trabalhadores tivessem abandonado o prédio às pressas. Nas salas administrativas, restaram mesas compridas, deixadas para trás por serem difíceis de carregar. Ao menos era o que eu supunha. Mesas boas, pareciam novas ainda. Os armários estavam sem nenhuma porta, foi nesse instante que me dei conta, era curioso; todos os armários de todas as salas por que passei tiveram as portas arrancadas. Para que alguém levaria as portas e deixaria o restante? E por que levar portas de armários em vez daquelas grandes mesas, ou das cadeiras, por exemplo? Naquela sala também havia cadeiras bonitas, que não seriam difíceis de carregar. Apenas umas poucas estavam tombadas no chão.

O barulho provocado pela brisa persistia com regularidade cardíaca. Digamos que eu tinha como comparar, meu coração queria fugir do peito, subindo rápido pela garganta e empurrando tudo o que encontrasse pelo caminho. Fui me dando conta dessa sensação, tentei controlá-la; na medida em que o volume do barulho crescia, aumentava também minha histeria. O motivo estava próximo.

Entrei numa sala à direita, repleta de divisórias baixas e escrivaninhas revestidas com fórmica bege um tanto manchada. Dava para ver que ainda eram novas quando foram abandonadas, pois as manchas eram frutos do tempo, o material não estava desgastado.

Na parede havia um mural e, ao lado, um relógio de ponto. No mural ficavam guardados os cartões dos funcionários;

tinha ali divisórias pequenas para cada um deles. Nunca registrei minha frequência daquele jeito analógico, mas sei como funcionava. Ao chegar à empresa, o sujeito retirava seu cartão do mural, inseria no relógio e puxava uma alavanca, assim imprimia dia e horário. O processo se repetia ao fim do expediente, de modo que a gerência soubesse o tempo trabalhado e calculasse as horas a serem pagas.

O relógio parara às 22h04 do dia 2 de abril de 1984. Notei um cartão esquecido na fenda do ponto. Curioso, puxei para ver a quem pertencia. Porém as décadas apagaram os dados impressos nele, era impossível ler o nome ou distinguir as demais informações. Havia também uma foto três por quatro muito desbotada, provável que fosse Polaroid e por isso sobrevivesse mal ao tempo. Tive a impressão de ver traços de papai naquela silhueta, então decidi colocar o cartão de volta onde o encontrei, estava ficando paranoico. Mal passava de uma mancha, podia ser homem ou mulher. Jamais seria identificado, era como se não tivesse existido na história da empresa. Uma pessoa sem nome nem rosto, que trabalhou pontualmente até um dia ir embora sem retirar o cartão do relógio. Por qual motivo?

Tentei me distrair com os catálogos de venda largados em cima das mesas. Como seria trabalhar ali? As páginas estavam empoeiradas e rígidas, meio grudadas umas às outras, formando grandes blocos. Estalavam ao virar, como se estilhaçassem. A fábrica produzia papéis de escritório, em especial do tipo carbono, pelo que entendi. Vi papéis carbono de todas as cores e tamanhos no catálogo, nem sabia que existia aquela variedade toda. Para mim, era só preto. Acho que também já vi carbono azul em algum lugar, não tenho certeza. Ali havia verde, vermelho, roxo, além de formatos diversos, desde folhas avulsas a bobinas enormes. Papel carbono é algo bem retrô. Engraçado, foi sumindo aos poucos sem ninguém perceber, nem me lembro quando vi pela última vez. Mais de uma década atrás, com certeza. Mal cheguei a usar. Era possível que a fábrica tivesse falido por causa disso, o carbono caiu em desuso com a invenção das copiadoras digitais. A lei de Darwin também se aplica aos objetos industrializados.

Papai se aproximou de mansinho, pisando leve. Distraído com a história do papel carbono, tinha me esquecido dele e quase morri de susto. Me cutucou no ombro, levou o indicador aos lábios para pedir silêncio e sussurrou:

– Venha comigo.

Quem pede silêncio assustando os outros? Fechei o livro e o segui até a sala vizinha, andando na ponta dos pés, suando frio. Havia um homem ali.

À primeira vista, achei que fosse funcionário da construtora, talvez alguém planejando a restauração da fábrica. Usava terno azul marinho e estava sentado no chão, de costas para nós. Agachamos atrás de uma divisória. Papai parecia um garoto travesso, inquieto num misto de receio e entusiasmo, como se espiasse o vestiário das meninas através de um furinho na parede; um garoto sem acesso à internet. Ou fazendo qualquer outra coisa proibida. Seria engraçado, não fosse deprimente. Tinha aparência estúpida. Tentei ignorá-lo e me atentar ao homem.

Não podia ser da construtora, era domingo, e não apenas isso, estava sentado no chão, seu terno imundo, esgarçado, roto nos cotovelos e na costura que une as mangas aos ombros. Havia um rasgo grande ali, dava para ver que não usava camisa por baixo, tinha pele alaranjada, quase rubra. Os cabelos eram longos, de tom branco amarelado por causa de nicotina, muito emaranhados. A barba acompanhava o estilo, grande e rígida. Ele estava descalço, com as pernas de lado, numa postura estranhamente fora de eixo. Trabalhava com dedicação, tão concentrado que não perceberia nossa presença nem mesmo se começássemos a cantarolar. Foi o que pensei na hora, mas é claro que jamais entregaríamos nossa posição, não tínhamos ideia de quem era aquele homem nem dos riscos que corríamos.

Fui compreendendo aos poucos. Ele fazia um esforço danado, seu corpo oscilava para um lado e para o outro com movimentos repetitivos, sempre no mesmo ritmo, sempre o mesmo movimento. Abria e fechava a porta de um armário, abria e fechava, abria e fechava, intermitentemente. O barulho vinha dali, não tinha nada a ver com vento. Eu tinha me habituado, nem o ouvia mais. Os pés do homem eram sujos e grosseiros, com uma sola preta igual a dos mendigos que vejo no centro da cidade, perto de onde trabalho.

Talvez a fábrica fosse seu lar. Passei os olhos pela sala em que ele se encontrava. Tinha portas de armários empilhadas por todos os cantos. Todas as portas de armários da fábrica estavam ali, pilhas agrupadas no centro, outras apoiadas em pé na parede, formando fileiras longas e bem organizadas. Havia uma daquelas mesas compridas também, com portas de armário em cima e embaixo, estavam ordenadas por modelo e tamanho. Ao que a cena indicava, tinham sido arrancadas por ele. Uma das paredes ainda tinha armários intactos, o sujeito chegaria a eles. Por que será? O que desejava com aquelas portas? Por que se daria ao trabalho? Venderia para quem? Aliás, como as levaria para fora dali?

Eu observava sem piscar. Papai bateu de leve as costas da mão em meu peito e, com um gesto de cabeça, sugeriu que deixássemos o homem a sós. Ele sequer notou nossa presença, nem mesmo quando levantamos e começamos a nos retirar. Ainda bem, alguns malucos são violentos, especialmente quando acossados. Vi uma reportagem sobre hospitais psiquiátricos. Não foi o caso, para nossa sorte. Ele continuou abrindo e fechando a porta de armário, o rangido agonizante dela ressoando na velha fábrica de papel.

Voltamos ao corredor, tomando cuidado para não resvalar em nada que desabasse e denunciasse nossa presença. Não podíamos confiar somente na compenetração do homem. O nhec-nhec continuou a marcar o ritmo da nossa fuga. Eu mal respirava, segurava o ar nos pulmões, queria sair logo dali, mas não podia apressar o passo, precisava correr devagar, como se fosse possível manter algum limite entre um e outro e a angústia de ambos. Seguimos nossas próprias pegadas deixadas na poeira, agora no sentido contrário. Quando papai e eu alcançamos o acesso aberto pela raiz da árvore gigante, soltamos juntos um suspiro de alívio.

A porta arrancada pela árvore não estava dentro da fábrica. Eu não a vi em nenhum lugar, nem mesmo na coleção do mendigo doido. Talvez ele a tivesse levado para outro canto, eu não tinha como saber. Só posso dizer que estava perdida, tinha que estar perdida em algum lugar lá dentro.

Comentei com papai sobre o terno azul. Queria saber se o homem trabalhara na fábrica, na época em que ela estava ativa. Papai achava possível. Podia ser verdade, o cara embirutou com a falência e ficou esquecido por lá, fazendo maluquices como arrancar todas as portas de armário. O cartão deixado no relógio de ponto só podia ser dele. Para mim, estava resolvido, a hipótese era lógica o suficiente, o mendigo era um ex-funcionário desempregado que pirou. Podia ser o dono também, sócio majoritário, quem sabe, ficaria mais dramático. Talvez não tivesse para onde ir, então desenvolvera aquela obsessão pelas portas. Tudo era tão absurdo naquela vila que o mendigo se encaixava com perfeição.

Papai concordou, tudo era possível, mas talvez se tratasse apenas de um mendigo mesmo, recolhendo o espólio da fábrica para vender no ferro-velho. Era demais supor que trabalhara ali só por causa do terno, que poderia ter sido encontrado em qualquer lugar, ou até recebido como doação.

Era um terno velho, apenas isso. Era o máximo que podíamos concluir a respeito dele. Aquele era o limite da verdade.

Papai queria me ensinar a pensar racionalmente, logo ele! Tudo bem, era um mendigo, talvez não tivesse qualquer relação com a antiga fábrica de papel, quando ela ainda funcionava. Talvez não fosse demente. Talvez sim, talvez não, talvez tudo, quem sabe? Podia ter chegado há pouco tempo, naquela mesma tarde, pouco antes de nós. Quanto tempo uma pessoa precisaria para arrancar centenas de portas de armário? Tive que concordar, meio a contragosto. Passadas aquelas horas na vila, com sede, fome e calor, depois de uma longa estrada, comecei a achar que tudo se explicava ali mesmo, sem influência externa, como se o lugar fosse um microcosmo à parte do mundo real. Um microcosmo que apenas eu e papai tínhamos conhecido.

Restou uma percepção muito particular das coisas que aconteceram naquele lugar, e essa percepção se transformou nas semanas seguintes, quando retornei para minha casa, para meu trabalho e para a rotina de sempre. Minhas lembranças foram se transformando, e a visita à vila onde papai morou quando criança acabou por se revelar um improvável capítulo em minha biografia, como a lembrança de um sonho distante.

– Além do mais, a loucura não explica nada – papai complementou. – É um homem necessitado, em sofrimento, mas tem lá sua missão. Ainda que a gente não compreenda qual é, ele quer sobreviver.

Papai tinha dessas máximas filosóficas que eu achava um saco. Para mim, não importava, o cara era um pouco doido sim, e daí, o que tem demais dizer isso? Não posso mais chamar doido de doido? Talvez ele fosse muito doido, inclusive. Desde quando arrancar portas de armário numa fábrica abandonada é objetivo de vida?

Para piorar, não consegui ver a área de produção, onde o papel era fabricado de verdade, o que mais me interessava. Eu não queria ver escritórios, não têm graça alguma, são iguais em todo lugar e em toda época. Eu queria ver aquelas máquinas gigantes hibernando debaixo do cobertor de poeira. Os relógios de pressão, as luzes, as válvulas, os botões coloridos, as correias, engrenagens e as manoplas de comando. Na verdade, eu queria ver as máquinas trabalhando do jeito como as imaginava, mas sabia que seria impossível, então ver tudo desligado já teria sido bom. Não foi o que aconteceu. Fiquei sem saber até mesmo se restara alguma máquina para contar a história.

Voltei à razão quando já estávamos longe. Tínhamos percorrido de volta o trajeto através do pátio, passamos pela guarita e retomamos a caminhada difícil pelo caos da ala oeste. A faixa de ferrugem marcada no concreto pelo portão arrombado continuava lá, mas não era como se estivesse voltando para o lugar de antes. A sensação que eu tinha era a de cruzar a linha proibida mais uma vez, ignorando o sinal vermelho, assumindo o risco de cometer o mesmo erro. Talvez eu me sentisse simplesmente afetado pelo que acabara de presenciar. A linha não marcava somente um final, era a fronteira entre uma realidade e a sua ausência.

Papai foi na frente, assoviando, como se a sua residência de infância fosse um cachorrinho que despertaria no meio dos destroços e correria em nossa direção. Parecia uma tarefa impossível, mas isso não o desanimava. A melodia começou a me irritar. Ele emanava disposição, apesar de tudo. Já tinha se esquecido do mendigo, sequer cogitava os perigos, estava se divertindo. Era muita displicência.

Fiquei um pouco para trás, a cabeça ainda na fábrica, naquele homem tão abandonado quanto o galpão que o abrigava. Seu esforço tolo permaneceu a ranger no meu cérebro. Combinava com o lugar, o louco destruindo resquícios do passado, desligando-se do mundo, apagando a história. Como ficou daquele jeito? Como foi parar ali? Eu queria saber se esse tipo de gente tem memória ou se vai reagindo por instinto às aflições. Vi um louco destruindo o que já estava destruído, não havia qualquer sentido naquilo, era puro desperdício de energia. Mas ele continuava a arrancar as portas, continuava a empilhá-las conforme as suas dimensões. Era um louco colocando a destruição em ordem, uma coisa muito estranha, ainda penso nisso às vezes.

Nos anos seguintes, sempre que eu pensava no comportamento atípico de papai, que, com o tempo, foi ficando ainda mais insuportável, eu voltava ao mendigo na fábrica de papel e pensava no que teriam de semelhante. A lembrança da fotografia desgastada no cartão de ponto vinha sem que eu precisasse convocá-la ou que a desejasse. Se papai não enlouquecera, onde está o seu esforço de vida? Não era isso que separava os doidos dos sãos? Ele nunca fizera nada de concreto, não se mantinha empregado por mais de seis meses, não tinha ambição, levava tudo no improviso. Não me lembro de tê-lo visto planejar nada, as coisas apenas aconteciam naturalmente. Além disso, se não tivesse parafusos a menos, seu comportamento em casa seria mais injustificável. Penso na sua relação comigo e com minha mãe e, de certo modo, até torço para que fosse maluco de verdade.

Talvez tudo estivesse muito claro em sua cabeça oca, talvez sua missão na Terra existisse mesmo, eu é que não era inteligente o bastante para compreender. Talvez eu não tivesse dado chance para ele se explicar. Talvez ele achasse que eu não precisava de uma razão determinada para amá-lo.

Eu queria saber o que papai fazia no asilo. Seu dia a dia, as atividades, o prato favorito. Queria saber como era seu humor pela manhã, se preferia jogar conversa fora ou assistir TV. Papai, para mim, foi apenas um homem estranho a quem eu fui atado de cima a baixo com cabo de aço, um de costas para o outro. Pés e mãos, cintura, peito, pescoço, cabeça, cabelos, tudo preso com força estranguladora. Por vezes era metade da filiação em meu RG, não mais que isso. Não era uma pessoa, mas um encargo, uma sina que fui obrigado a sustentar. Na maior parte do tempo era assim que eu o percebia e como pensava nele.

Os amigos que vieram ao velório têm motivo mais nobre para estarem aqui do que eu. Vieram porque se importam. Eu fui solicitado, estou apenas cumprindo um papel, enquanto eles vieram porque gostavam dos modos de papai, gostavam da sua companhia, das conversas, sei lá o que mais. Vieram porque temem ou respeitam a morte, talvez. Mas não é só isso, não pode ser. Sinceramente, eu queria saber por que essa gente gostava de papai. Será que não o conheciam de verdade? Não enxergavam o homem irresponsável que provocou dor à própria família? Talvez não tenham opção melhor, ou papai fosse um duplo, diferente para mim e para eles. Pode ser que fosse mais que dois. De todo modo, não existiu um só dele, é isso que percebo agora. Ninguém o conhecia de verdade, talvez nem eu mesmo.

Houve quem segurasse suas mãos frias, acariciasse seu rosto, ajeitasse os cabelos ralos, acalmasse suas sobrancelhas rebeldes como ele mesmo fazia, com o polegar e o dedo médio, deslizando um para cada lado. Vi com meus próprios olhos. Não é possível que tenham vindo até aqui só para tocar o cadáver, porque não tinham nada melhor para fazer, por obrigação social, para que os colegas remanescentes fizessem o mesmo quando chegar a hora deles, sabe-se lá o que passa na cabeça dessa gente. Eles estão tristes de verdade. Há coisas que não se disfarça, não dá para fingir.

Eu também me sinto um pouco assim, mas é por um motivo bem diferente, estou abalado porque papai morreu e não consigo sentir pena. Porque não consigo ficar triste como deveria. Não sinto sua falta, e isso não me parece justo, sou seu único filho, eu deveria abaixar a cabeça, fechar os olhos, chorar do mesmo modo como fazem seus amigos. Minha angústia deveria ser ainda maior. Toda a minha família se foi, chorar é o que a moral manda fazer. Eu deveria arrancar o bule das mãos da namoradinha de papai e sair empurrando café com leite morno goela abaixo desse povo, freneticamente, entuxando junto bolachas de água e sal, mostrando desespero e ganhando respeito. É isso que esperam de mim, não? É o que se espera de qualquer pessoa no meu lugar. Só que não é assim que eu me sinto, não posso fazer nada para mudar, é tarde demais.

Fico aqui fora, esperando o dia nascer, sinto calor e desejo ir à praia, volto para dentro, tento me distrair, caminho mais uma vez para cá, sinto vontade de fumar pela primeira vez na vida, tragar e expelir fumaça suficiente para nublar esta noite interminável, na esperança de que o dia nasça de uma vez por todas, querendo voltar logo para casa com o passado esquecido debaixo da terra. Pisar bem a terra, ir em paz.

Não é apenas obrigação. Eu queria, de verdade, sentir carinho por papai. Nem mesmo morto ele me deixa descansar, sua presença perturba, sua falta também. Amá-lo deixaria tudo mais fácil. Sentir sua falta, não saber como será minha vida daqui para frente, ter um pai como os outros têm. Nada vai mudar, ele está aqui e não consigo vê-lo. Não sei ao certo quem é, do que gostava, com o que sonhava, se me queria bem, se me perdoava. Não preciso disso, mas gostaria de saber. Não sei dizer nada de bom sobre papai. Talvez essas coisas ainda estejam por se descobrir, talvez ainda seja cedo. Papai é um corpo inerte, pálido, coberto de flores. Tem chumaços de algodão no nariz e nos ouvidos, junta moscas na telinha branca que o abriga, não tem cheiro, sinto apenas a fumaça pastosa da parafina. Coloco-me ao seu lado, abro os olhos e é tudo o que vejo, um corpo morto.

Após aquela tarde na vila, cada um foi seguir o seu próprio caminho em direções opostas. Restou uma relação fragilizada. Porque o nó feito com cabo de aço nunca se desata por completo, o aço fica torto, não retoma a forma original. Na essência ainda é um laço, embora pareça uma fibra retorcida. Ficamos todos deformados. Restaram também as feridas que o aço provocou na carne, elas se tornaram cicatrizes e, de vez em quando, doem como se estivessem abertas. São as marcas do passado que nem mesmo o tempo consegue apagar. Estarei preso a papai para sempre, mesmo depois de romper as amarras. Minha forma foi forjada no seu molde, meu corpo foi criado à sua imagem e semelhança, a liberdade é uma grande ilusão. Não estava preparado para aquilo tudo. Acho que papai também não, só que ele tinha essa capacidade de aceitar as imposturas da vida com maior facilidade. Escapava sem se ferir. Eu não. Eu bato de frente, me machuco, preciso de tempo para recuperar o sangue perdido.

A vila despertou fantasmas desconhecidos, mexeu com sentimentos que repousavam na confortável ignorância do cotidiano. Ninguém precisava cutucá-los, eu estava bem daquele jeito. Tenho minhas carências, e daí? Papai também tinha. Acontece que ele conhecia respostas para questões que eu nunca havia feito. Depois, quando fui interrogado, não sabia como reagir. Com um dedo na cara, fiquei acuado no canto, torcendo para que acabasse logo. Jamais vai acabar. Esses medos, o medo da realidade, de ela ser diferente da maneira como eu a idealizo.

No final das contas, sou também um sonhador, por mais triste que seja. Imagino que a vida pode ser do jeito como eu desejo. Estrangeiro em minha própria terra, sem me sentir parte de um todo maior e mais completo, um fragmento em busca da reação do mundo que comprove a minha ação de existir. Longe de casa e do conforto da vida privada, toco o cadáver de papai e permaneço com as mãos vazias.

Talvez a vila não tivesse culpa nenhuma. As possessões que se exorcizaram assombravam meu corpo, fui eu que as carreguei até lá. Na hora, achei que não tinham nada a ver comigo, depois tentei me convencer disso, inventei uma verdade e acreditei nela para que tivesse consistência. Acabei por creditar meus próprios fantasmas ao passado de papai. Injustamente? Ainda não sei.

Precisei de anos para aceitar. A menor lembrança já me causava arrepios, quis me esconder. Ainda é um pouco assim. Tentei enfiar tudo num baú, passar a chave e abandoná-lo no sótão. Só que à noite eu me deitava na cama, fechava os olhos e ouvia aquilo se debater lá em cima, gritando para sair. O que vi faz parte de mim.

Ainda tenho dúvidas sobre o que aconteceu de fato. O passar do tempo deixa tudo nublado, é difícil separar as evidências das suposições. Acho que minha cabeça inventa demais. Herdei isso de papai, essa doença degenerativa; fico cada dia mais parecido com ele. As lembranças se misturam com a imaginação, mudam de forma e de cor. Chega o momento em que não as reconheço mais. Elas estão aqui dentro; por mais imaginadas que sejam elas são reais, tão verdadeiras que eu quase posso tocá-las. Tenho pensado muito nisso ultimamente. Preocupações que eu não tinha antes. Eu era feliz na minha ignorância. Hoje observo o que a lente da câmera captou sem querer. É o lado contemplativo de papai que agora me assombra, o que recebi em testamento, tudo o que restou: lembranças.

Para tentar esquecer a vila, tentei também esquecer papai; apagá-lo de uma vez por todas seria a solução. Por ter vivido ali, a vila e ele eram um corpo só, feitos do mesmo estofo, daquele pó vermelho que se depositava sobre todas as coisas.

Parecia evidente que papai tinha morado na vila, ele reconheceu o amigo fotógrafo, sabia do quartel, conseguia encontrar o caminho por trajetos incertos. No entanto, às vezes papai também se perdia, narrava histórias que podiam ser contestadas, não tinha como comprovar. Só me restava a opção de acreditar nele às cegas.

O fotógrafo é uma dessas histórias que não consigo engolir. Havia os rolos de filme, o sorriso na cara, os cumprimentos através da porta de vidro. Mas eu não vi ninguém com meus próprios olhos, assim como não vi outra pessoa de verdade naquele lugar, exceto os contorcionistas e o maluco das portas de armário. Sobraram as palavras de papai, vazias, a ecoarem na memória. Palavras que atravessaram minha carne sem tocá-la.

Tenho dúvidas sobre o que meus olhos me mostraram. Se nem mesmo neles posso acreditar, o que será das minhas convicções? Eu não podia aceitar como verdade uma realidade paralela. Não pude aceitar na hora, não fazia o menor sentido, eu queria fugir. Não sabia como lidar com tudo o que vivi, com o que ouvi, com o que saltou aos meus olhos. Ainda agora não sei se posso.

Então papai não parecia se lembrar de mais nada. Não reconhecia os prédios, os caminhos, as áreas em que os escombros davam uma trégua e se abriam em praças, parques ou terrenos baldios. Olhava ao redor e escolhia qualquer direção, uma intuição tão eficaz que nos levava de novo para mais um monte de nada. Para piorar, eu sabia que, quanto mais nos embrenhássemos, mais distantes ficávamos da estrada retilínea e segura. Aquela vila era grande demais para o meu gosto, eu não podia imaginar. Como demorávamos para avançar, tudo parecia maior e mais complicado. Uma intrincada rede de desordem e ansiedade em que estávamos presos, nos debatendo como moscas na teia, atraindo a aranha. Fomos ingênuos. Aliás, fomos estúpidos. Quem se arriscaria num lugar tão precário quando o sol já deixava o posto? Papai também estava surpreso com o mundo real, comparado com o que tinha arquitetado em sua cabeça. Estava estampado na sua cara. Íamos cada vez mais longe, afundando no limbo. Exaustos, sujos e suados.

Embora o sol já tomasse forma da última gota de esperança no horizonte, o calor não dava trégua. A hera se agarrava aos meus sapatos, queria me reter ali para sempre. O ar estacionara no tempo, eu me sentia mais pesado cada vez que respirava. Inspirar fundo era o mesmo que entregar os pontos, a densidade inundava os pulmões e puxava o corpo para baixo.

Não encontrávamos a antiga casa de papai. Ela não existia mais. Eu queria que ele percebesse isso de uma vez por todas e desistisse da ideia. Talvez a casa nunca tivesse existido em outro lugar fora de sua imaginação. Ficava na direção da terceira guarita sul ou qualquer coisa assim, só que não encontrávamos nem mesmo o antigo muro do quartel, tudo tinha desabado. Aquele era o passado de papai, uma batalha perdida, o campo arrasado.

Ele continuava explorando o lugar. Em busca de quê? Também estava nervoso com a situação. Tentou disfarçar no começo, mas bufava toda vez que dobrava uma esquina e se deparava com o mesmo horizonte. Sem contar os bichos nos cercando, que variavam de gafanhotos e mosquitos até uns lagartos compridos de aparência pré-histórica. Eles fugiam quando nos ouviam chegar, uns lagartões rajados se enfiando rápido no mato, planejando o bote, aguardando nossas forças se esgotarem. Nem sei se lagarto come gente, ou mesmo se come carne, era só algo que passava pela minha cabeça, uma das poucas coisas em que ainda conseguia pensar no auge da exaustão. Presas mais fáceis do que nós não estariam disponíveis tão cedo.

Às vezes eu tinha a impressão de que estávamos sendo seguidos. Algo se mexia entre os arbustos, fazia barulho, dava para perceber. Galhos se quebravam, folhas chacoalhavam, passava uma sombra no canto do olho. Tentei chamar a atenção de papai, ele fingia ignorar. Considerando o contexto, era impossível que fosse verdade, eu sei. Seria até bom que fosse. Alguém poderia aparecer e me tirar dali, eu apelaria para qualquer um.

Era difícil avançar até mesmo caminhando pelo meio das antigas ruas, onde havia menos entulho, buracos, árvores caídas, pedaços de móveis, aquela bagunça toda. Parecia uma cidade evacuada às pressas por causa de um acidente nuclear, e depois abandonada para sempre. Quando o mato adensava, cobrindo o calçamento e envolvendo as paredes das casas, o lugar parecia também uma civilização perdida.

Não havia como descobrir o que acontecera na vila. Talvez um geólogo ou um arqueólogo pudesse explicar. Considerei a possibilidade de uma epidemia de ebola, febre amarela, tifo, tentei me lembrar de reportagens na TV noticiando o caso. Teria ocorrido há décadas, talvez eu sequer fosse nascido. Não tinha como saber nem queria perguntar a papai, era melhor não mostrar para ele esse tipo de preocupação.

Nenhuma das alternativas que eu podia inventar tinha final feliz. Eu me sentia triste como uma uva passa. Pior era a cara de papai, que já nem escondia sua desorientação. O sol estava baixo, eu queria muito o ar-condicionado do carro, os ventiladores diretos no meu rosto. Após caminhar a torto e a direito, sem prestar atenção aos pontos de referência para saber como voltar, ficou impossível afirmar que a área restaurada da vila permanecia às nossas costas. Não planejávamos nada. Mesmo que decidíssemos pegar o carro, eu não tinha a menor ideia de onde ele estaria.

Papai não dava o braço a torcer. Caminhávamos devagar demais, tinha isso também, o percurso exigia uma força que já não restava em mim, com trinta e poucos anos, então imagine o estado de penúria em que papai se encontrava. Só que eu não conseguia contestá-lo, então a gente continuava a caminhar, simples assim, um passo após o outro, até o limite, fosse ele qual fosse. Papai e a vila estavam mais parecidos do que nunca, era evidente que um havia gerado o outro, eu só não sabia distinguir a cria da criatura.

Nossas sombras se espreguiçavam à frente, cada vez mais esticadas, o tempo avançava pelos escombros mais rápido do que nós. A noite se aprontava para sair, eu sentia seu perfume de suor, medo e delírio. Tinha também notas amargas de falta de esperança, mais pronunciadas a cada passo.

O cheiro se dissipou assim que avistei uma luz acesa lá adiante. Uma janela com velas tremulando em tons de amarelo e laranja. Apontei-a para papai, exaltado. Nem aguardei sua resposta, corri ao encontro da luz como um viajante sedento que avista um oásis no deserto. Ele veio atrás. Em vez de areia, pisávamos o seu passado, memórias que deveriam continuar perdidas. Não poderíamos atravessá-las sem nos ferir. Havia mágoas, dores e angústias, armadilhas movediças prontas para tragar o primeiro sinal de alívio. Qualquer tropeço levaria ao fim da história; qualquer excesso, à inanição. Era daí que tirava sua força, era o que o alimentava e mantinha vivo. Todo o resto seria transformado na mesma matéria de que era feito; tudo se transformaria em passado.

Isso foi se deixando descobrir aos poucos, a vila foi apenas o começo. O resto veio depois, nos difíceis anos que se seguiram a ela.

Alguém se debruçara na janela para averiguar aquela barulheira anormal que se aproximava do lado de fora. Eu chutava o lixo que se punha no caminho, ofegando, incendiado. Pensei em acenar, mas tive receio de parecer ridículo demais. Restava um mínimo de bom senso em mim. Meu avião não tinha caído no mar, eu não tinha me acidentado num desfiladeiro ou sobrevivido a um ataque terrorista, não estava sem comer ou sem beber há dias, no máximo algumas horas. Saímos da estrada, só isso. E daí? A civilização ficava a apenas alguns quilômetros, só precisávamos de uma direção para escapar daquela experiência labiríntica em que conhecer significava se perder.

Foi então que me dei conta: a agitação tinha caído pela metade. Olhei para trás e vi papai parado, de pé, com as costas curvadas e as mãos nos joelhos. Gesticulei, perguntando em silêncio o que tinha acontecido. Tive medo de que ele passasse mal ou se machucasse seriamente, quebrasse uma perna, virasse o pé, tivesse um treco qualquer. Naquele lugar, não teríamos o que fazer.

Papai acenou em resposta, estava bem e eu poderia continuar, ele aguardaria ali.

A luz era minha esperança. Precisávamos voltar à parte revitalizada da vila antes que anoitecesse de uma vez por todas, restavam poucos minutos. Seria um desafio encontrar o caminho onde não existia nenhum. Eu sentia uma mistura de pânico e alegria que me revirava o estômago, a cabeça já não raciocinava direito, meu corpo avançava limites que eu desconhecia. Pensei que fosse apagar. Prossegui, caminhando com cautela na direção da janela. A silhueta continuava no mesmo lugar, debruçada no batente, olho no olho. Sua forma não era de todo estranha. Não precisei andar muito para reconhecê-la, não precisava de mais luz do que aquela aura baça emitida à distância pelas chamas; a forma magra e estática da velha que tinha visto horas antes, debruçada daquele mesmo jeito na janela da escola.

Senti um arrepio percorrer o corpo inteiro, não tenho certeza de nada do que aconteceu nos instantes seguintes. Era a mesma velha que podia me enxergar entre os espíritos das crianças, fossem eles o que fossem, fosse ela própria quem fosse. Era a única que percebia minha presença na ocasião e ali também, em meio aos escombros; eu era a única coisa que havia para ser vista. Ela me encarava sem sair do lugar, mal respirava, com o cotovelo apoiado no batente da janela e a cabeça na palma da mão, exatamente a mesma postura de antes, como se admirasse o horizonte mais incrível do universo.

Continuei a caminhar até ela. A velha não se mexeu nem mesmo quando cheguei bem perto e desejei uma boa tarde que subiu seca pela garganta. Continuou contemplando a paisagem. Agora estava claro, não era a mim que encarava; ela parecia admirar a vista com um sorriso catatônico nos cantos da boca, os olhos fixos em nada especial. Talvez eu já fizesse parte do deserto, consumido e transformado naquela decrepitude que só a velha parecia admirar.

M e dirigi à lateral da casa e entrei por um buraco na parede semidesmoronada. Uma das antigas casas dos militares. Ali dentro fazia ainda mais calor. Mesmo assim senti um arrepio. Eu suava frio.

A luz que tremulava não vinha de velas, como me parecera a princípio, mas de um fogão à lenha. O acesso aberto na estrutura de metal deixava a labareda à mostra, nenhum sinal da portinhola de proteção. Eu me preocupava como se restasse algo na casa que ainda pudesse ser destruído pelas chamas. O cheiro de madeira queimada lembrava chalé de inverno aquecido com lareira. Havia também um som de chocalho que enchia o ar e fazia tudo se misturar à fumaça da lenha e à névoa de minha cabeça cansada; a bruma somada ao barulho constante de locomotiva aguardando ordem para deixar a estação.

Encontrei, em cima do fogão, apitando de alegria, uma panela de pressão. Mal existiam móveis ao redor, as cores se resumiam a negro, cinza e terra. A casa da velha era constituída de um cômodo só, não muito grande. Se um dia existira alguma divisão entre a cozinha e aquilo que se assemelhava a um conjugado de quarto e sala, ela já não era perceptível. O telhado tinha grandes buracos por onde escapava a fumaça, dava para ver ali as primeiras estrelas brilharem no céu limpo. A hera crescia no que restava das paredes e parecia responsável por sustentar a ruína no lugar. A mobília se resumia a uma poltrona manchada e rasgada, uma penteadeira sem espelho, na qual faltava uma das quatro gavetas, uma mesa de centro quadrada que, sem uma das pernas, pendia para o lado. Nenhuma diferença entre o fora e o dentro. O mofo criava um vínculo misterioso, pelo qual eu também fora contaminado e já me sentia parte de tudo aquilo. O que restava de razão em mim veio abaixo, não sobrara certeza alguma à qual eu pudesse me agarrar.

Apesar da angústia, a imagem da panela ecoando seu mantra sobre o fogo, somada ao cheiro do cozido de minha mãe, me fez relaxar, baixar a guarda e respirar fundo. Mistura improvável de temporalidades, a casa da velha transmitia uma paz tão ordinária que eu já não conseguia justificar o alvoroço com que chegara ali. Papai ficara tão longe que eu mal me recordava dele. A apatia me pesava nas costas e pernas, era como eu gostaria de ser. Os braços caíram em repouso, sentia-me em coma, como se fosse possível saber o que sente alguém numa situação dessas. Era aquilo, a sensação de imersão e anestesia, só podia ser. Minha respiração lentificou, o pulso desacelerou até entrar em ponto morto. Eu me sentia bem, por absurdo que pareça, eu me sentia em casa. Não em minha própria casa, mas ainda um lar onde eu poderia me recolher quando houvesse necessidade. Mesmo sem conhecer a senhoria, mesmo o lugar em ruínas, era bom estar ali, chegar a algum lugar, enfim.

Nos dias seguintes à viagem, repassei a cena mentalmente e tive curiosidade de saber se aquela panela de pressão era a mesma que ouvi cair, horas antes, no refeitório da escola. Como uma isca, me fazendo entrar lá à procura de papai. Na casa, a associação não ocorreu, minha consciência estava alheia. O lugar era uma baderna grande demais para que eu pusesse ordem nos pensamentos, seria como ler um conto de fadas e perguntar como é que um lobo podia falar. Era uma vez seu guarda-pó azul escuro, do mesmo tom dos bancos e das janelas da escola da vila, que eu visitara séculos antes. Tive que assumir o uniforme como parte da normalidade, caso contrário a história não aconteceria, o faz de conta evaporaria junto com os resquícios da tarde de domingo. Era compatível com seu corpo de velha, botões no peito e bolsos grandes nas laterais, eu quase podia ver um apagador guardado ali, e manchas de giz na forma de dedos, um conjunto tão puído quanto o manequim.

A velha agora estava virada para mim, as costelas apoiadas no batente, as mãos na lateral do corpo como uma professora a corrigir seus alunos. Suas rugas pendiam da testa, bochechas e pescoço, o rosto escorrido e seco ao mesmo tempo, o sorriso de Monalisa atraindo minha atenção para lábios murchos, só então percebi seus olhos pequenos, fundos e cinzentos, alheios ao meu estado submisso e ao caos reinante à minha volta.

    Eu olhava ao redor e para ela, não queria encarar, mesmo que não houvesse motivo para preocupação, ela jamais saberia. Aquele detalhe surreal, os olhos que não poderiam me encarar de volta, ao contrário do que eu supunha até então. Não poderiam me ver de verdade, nem a minha solidez e concretude, as crianças na escola, o panorama na janela. Órgãos de vidente, talvez, enxergando através de mim, focados não no corpo ou no horizonte, mas numa dimensão além. Leitosos, opacos, sombrios. Olhos cegos.

No caminho de volta, dirigindo o carro pelo breu da noite, com a luz dos faróis revelando a estrada curva a curva, perguntei a papai por que ele tinha ficado para trás quando encontramos a casa da velha.

Ele acariciou as sobrancelhas com a ponta dos dedos médio e polegar. Respondeu primeiro que estava cansado, imaginava que eu só ia pedir informação para encontrar o caminho de volta e cair fora dali o mais rápido possível. Depois revelou seu outro motivo. Sempre havia algo oculto. Tateando as palavras, disse que ouvira uma voz, lhe dizia para não se aproximar. O que fosse acontecer estava reservado apenas para mim.

– Você não quer saber o que eu vi na casa, o que a velha me contou?

Papai sequer virou em minha direção. Deu de ombros, balançou a cabeça como se a resposta fosse óbvia. Não.

Observei-o meio de canto, tentando manter um olho na estrada. Ele mirava o horizonte, perdido em algum canto na escuridão da noite, em alguma rua sem saída do universo. Em paz e satisfeito com as suas certezas, com a sua versão dos fatos, com seu próprio modo de entender as coisas.

—Preciso de ajuda – implorei, ainda que tentasse manter alguma dignidade.

A velha se manteve em silêncio. Os olhos inúteis continuavam a me encarar das cavernas de seu rosto. Incomodado e ao mesmo tempo confrontado, eu queria saber o que tanto viam. O que havia para ver?

– A senhora pode me ajudar? Eu queria voltar para aquela parte nova da vila, que foi reformada, sabe?

Ela apenas sustentava um sorriso magro. Era uma velha de estrutura frágil como a casa onde morava, ambas uma coisa só, formas diferentes de uma mesma existência. O guarda-pó deixava seus ossos à mostra, a pelanca do pescoço se repuxava goela adentro, a saia era comprida, chegava quase até o chão. Nos pés havia sandálias de couro e meias amareladas que, na falta de elástico, ficavam frouxas e acumuladas na base das canelas.

Ainda sem dizer nada, a velha levantou o indicador na minha direção e fez sinal para que me aproximasse. Foram cinco passos indecisos até a janela, encorajados pela falta de alternativa. Ela então saiu da frente e me mostrou a vista.

Houve uma vez em que papai me telefonou no serviço, no meio da tarde, dizendo que havia encontrado um tesouro no porão da casa de um amigo e que eu precisava correr para lá na mesma hora. Ele não queria me dizer do que se tratava, eu precisava ver com meus próprios olhos, era uma coisa inacreditável, estava desaparecida há muitos anos. Eu tinha acabado de conseguir aquele emprego, não podia sair no meio da tarde porque o biruta do meu pai disse que havia descoberto um tesouro perdido. Imaginei uma arca cheia de moedas de ouro, um cofre com joias antigas, qualquer coisa que as pessoas normais entendem por tesouro. Era uma relíquia do passado que transformaria nossas vidas.

Morrendo de vergonha, disse a meu novo chefe que papai tinha um problema de saúde, o que não era do todo falso, eu pedia desculpas mas precisava sair, poderia repor as horas perdidas durante os outros dias da semana, sentia muito mesmo, não tinha outro jeito.

Peguei dois ônibus para encontrar papai no outro lado da cidade, coberto de poeira, enfiado num porão nojento que ninguém limpava há séculos. Até hoje não sei de quem era aquela casa, fiquei tão puto quando descobri a verdade que evitei retomar o assunto com receio de sair no braço com meu próprio progenitor. Quase perdi o emprego por sua causa. Ele não se importava, não dava a mínima para meus esforços de ser uma pessoa comum, sã, dona de sua própria vida. Papai estava enfiado naquele porão, fazendo sabe-se lá o que, com um pano sujo pendurado no ombro, admirando uma pintura.

Era isso, ele segurava um quadro com os braços estendidos, observava-o com a cabeça meio pensa quando cheguei.

Voltou a si como se despertasse de um devaneio, sorrindo ao me ver. Virou a tela devagar, fazendo suspense, como se eu não estivesse preparado para tamanho choque.

Era a droga de uma paisagem rural, um morro verde e uns boizinhos pastando debaixo do sol a pino, uma cerca de ripas de madeira, uma pedra aqui, outra acolá. Uma pintura nem tão bonita assim. Havia casinhas brancas no horizonte, talvez umas árvores. E só. A moldura era dourada, cheia de rococós, bastante deteriorada.

– O que tem essa pintura? Vale muito?

– Você não vê? – ele me provocou.

– Vejo um morro e meia dúzia de vacas. Pior ainda, vejo que posso perder meu emprego por causa disso. Por isso eu quero saber: essa pintura, quanto vale? Por que você me chamou aqui? Cadê o tesouro?

A pintura não valia um centavo. Papai disse que, se era dinheiro que eu queria, não me explicaria mais nada, eu podia voltar para meu emprego e deixá-lo em paz com o seu próprio trabalho.

Cumpri uma hora extra todos os dias da semana seguinte para repor o tempo perdido com papai no porão e sua pintura infantil. Demorei mais ainda para convencer meu chefe da minha seriedade e determinação. Não foi nada fácil.

Quando vi a cena na janela da velha, anos depois, lembrei na mesma hora do quadro que papai encontrara no porão do tal amigo. Surgiu do fundo do meu porão pessoal, onde não costumo descer. Acontece que aquilo sim era um tesouro de verdade, não tinha nada a ver com pintura velha nem sujeira acumulada durante décadas. Foi a experiência mais maravilhosa da minha vida. Digo maravilhoso no sentido mágico da palavra, nunca imaginei nada como aquilo. Foi como sonhar acordado, caído em transe pelo sorriso da velha.

Vi boa parte da vila através da janela. Não aquela vila destruída de onde acabava de sair, eu enxergava a vila de antigamente. Parecia uma televisão exibindo um filme antigo; a imagem, porém, era nítida, perfeita. A vila brilhava, não existia mais a escuridão lá fora.

Não estou louco, fazia um dia ensolarado na mesma janela que dava para a vila em ruínas; olhando de dentro da casa, eu via uma paisagem deslumbrante, céu limpo margeando uma série de casinhas iguais entre si, pintadas de branco e azul marinho, tudo combinando.

Era a janela de uma casa que dava vista para outro mundo. Ainda assim, havia um sentimento de realidade. Eu poderia até imaginar algo parecido, mas tinha certeza de que jamais veria uma coisa daquelas, não daquele jeito concreto, com a verdade contida em tudo, posta ali, à minha vista.

Em vez de destroços ao crepúsculo eu contemplava o calçamento de paralelepípedos muito bem assentados. Crianças corriam no meio da rua, carregando nas costas mochilas de couro cru; elas voltavam da escola. Algumas senhoras passeavam com roupas brancas longas e pesadas, empunhando sombrinhas contra o sol e tagarelando.

Um lugar pacato, apesar das pessoas. O leiteiro se aproximou, puxando sua carrocinha cheia de garrafas vazias, que trepidavam desajeitadas por causa do embate das rodas de madeira com o chão. O som tiritante que elas faziam ao se chocarem umas com as outras se assemelhava ao do cravo e coloria a cena com uma espécie de felicidade divina, talvez algo de ingenuidade também.

O leiteiro tirou o chapéu quando cruzou com as moças, agitando-o num aceno largo acima da cabeça, cumprimentando-as. Ao que elas responderam, em coro, às risadinhas:

–Boa tarde, seu Domingos. – Parecia um filme de época.

Dava para sentir o sol no rosto, seu brilho me iluminava o corpo inteiro. E dava para sentir o cheiro, aquele aroma pastoso de tarde quente no campo, tranquilidade e preguiça.

O gado nem se mexia no descampado mais adiante, lá no fundo. Um passarinho solitário venceu a inércia que se impunha com rigor e planava na sua imensidão azul. Era perfeito, como o reino encantado das fantasias infantis; mesmo o zumbido das moscas soava acolhedor.

Não aconteceu muito mais durante os minutos em que olhei através da janela da velha. Era a mesma vila, eu tinha certeza, tal como fora na infância de papai, se realizando de novo naquele exato instante. Como se eu tivesse voltado no tempo, ou como se ela tivesse voltado à vida. Se bem que não era só isso. Parecia que passado e presente coincidiam, como se fosse possível transitar de um para outro. Como se fosse possível, ainda, ser atravessado por eles.

Não faz muito sentido para mim também, é só uma sensação. Mas não era um filme a que eu assistia. Nada similar a uma representação, pelo contrário, era real. Pelo menos era bastante verossímil. A seu modo, acontecia de verdade, eu via acontecer, sentia em meu corpo, não tinha como ser mentira. Eu não inventaria uma coisa dessas.

Só que a velha ao meu lado, sorrindo daquele jeito tolo, mais a casa em frangalhos, me sugeriam que tudo não passava de realidade paralela. Uma alucinação? Eu não sabia mais em que acreditar. A paisagem não era como as que a gente observa no museu e fica tentando imaginar a vida na época, como o quadro que papai encontrou no porão, nada disso, era a verdade pura e simples, tal como existiu no passado e continuava a existir no presente através daquela janela. A vila inteira, do jeito como na época em que papai vivera ali, quando era apenas um garotinho, talvez uma daquelas crianças que voltavam correndo da escola, brincando e se divertindo pelas ruas de paralelepípedos.

Eu observava o passado vivo, só que ver não bastava para pertencer. Eu continuava do lado de fora, do lado de cá da janela, dentro da casa da velha, em meio à desgraça.

Eu mesmo não acreditaria se me contassem, é fabuloso demais. É preciso ver. Nem sei por que estou perdendo meu tempo com isso agora. Eu não teria motivo para contar a ninguém, exceto, talvez, a papai, que não quis saber quando pôde. Aquelas lembranças pertenciam a ele. Eu teria me livrado delas na primeira oportunidade, só que não há mais como devolvê-las, nem como ignorá-las.

Permaneci à janela mais um pouco. Não acontecia mais nada de especial, apenas uma cena ordinária, um dia no campo. A velha olhava para mim e para a paisagem, de um para o outro. Não olhava de verdade, claro, mas era como se olhasse. Ela percebia alguma coisa, disso eu tenho certeza. Parecia satisfeita.

Enfim, se não sei explicar direito nem mesmo o que meus olhos mostravam, imagine os olhos cegos da velha.

Retornei para a sombria devastação do presente. Deixei a janela para trás e me arrastei para perto do fogão.

– Como é possível?

A velha continuou calada atrás da sua máscara plácida. Supus que, sendo cega, ela também poderia ser muda. Não valia a pena insistir, já era muito tarde, ela não podia me ajudar. Estávamos perdidos de verdade. Bateu mais uma vez a preocupação de antes, voltei ao primeiro estado de consciência e à sua realidade bruta.

A angústia se estapeava com o meu constrangimento de estar naquele lugar estranho, na companhia de alguém tão estranho quanto. Nós nem respirávamos. O único som continuava a ser o sussurro da panela de pressão, que cantava e dançava no fogão à lenha.

Lembrei de papai lá fora, e de como a noite se aproximou sem que nada pudesse impedi-la. Todas as chances se esgotaram. Mas aquela senhora, sobrevivendo sem enxergar numa moradia miserável, num lugar em que qualquer passo em vão podia levar a uma queda e à morte, teria alguma chance de futuro? Impossível. Entretanto eu tinha a prova de que o impossível existia. Teria ao menos um fundo de verdade?

Deixei escapar, baixinho, perguntas feitas para mim mesmo. Já não restava espaço para reprimir nada. As dúvidas eram mais intensas do que qualquer outra coisa, elas se materializavam como pedras em minha vesícula, contra a minha vontade, inquietando-me. Eu não me reconhecia, nem reconhecia a redoma precária que nos envolvia, a janela brilhando, a velha caquética e seu sorriso sem sentido. Eu olhava tudo e queria entender o que era aquilo. O que significava?

Enfim, a velha falou:

– A panela de pressão.

Sua voz soou distante e frágil. Eu sequer podia ter certeza, tinha sido ela? Ou a voz saíra de um poço seco dentro de seu corpo?

Um dedo apontava na direção do fogo, ambos bruxuleavam.

— A panela.

Meus olhos ressecados arderam. Pisquei, tentando afastar a fumaça. Aos poucos, deixei o estado de suspensão e voltei a sentir o cansaço sob meus pés, apoiado em pedregulhos, raízes e mofo, matérias-primas daquela realidade bizarra.

Segui seu dedo, mirei a panela, cujo entusiasmo juvenil se alienava de toda a tensão do ambiente. Hesitei:

— O que tem ela?

A velha tomou fôlego.

— A vila, uma panela de pressão. Não é assim que deve ser. Você quer pronto rápido. Não é assim.

Seu jeito alucinado, balbuciante, ofegante. Encarava o além e transmitia uma mensagem apropriada àquela espécie de oráculo em decadência onde estávamos, sua boca quase muda, seus olhos cegos de vidente. A voz falava através dela. Misticismo demais para o meu gosto.

Pois o efeito foi contrário; quando a velha falou, um dado de realidade me arrebatou: percebi como estava cansado daquilo tudo. Esgotado. Sua voz soava fraca, quase incompreensível, e se romperia com qualquer perturbação. O mundo de papai era sensível assim, a ponto de se desfazer na primeira exigência concreta.

As últimas palavras que ouvi foram:

— Tem que esperar para abrir. Mesmo a panela de pressão. Tem o tempo certo.

A panela apitou com força ao meu lado, fim de jogo. Parecia tudo combinado, como num programa de TV; fiquei atento ao próximo sinal, que não veio. O vapor continuava a ser expelido com a mesma constância, seu ruído apenas um pouco mais distante, perdido na bruma. A locomotiva se direcionava à próxima estação, sem chance de correr atrás dela.

A velha me deixou a argumentar com meus próprios nervos e voltou à janela. Tive a sensação de ouvir um suspiro quando largou seus ossos cansados no batente e retomou a contemplação. Talvez tivesse sido apenas a panela, não sei. Fosse o que fosse, aquilo era tudo, não havia mais nada para mim.

Quando reencontrei papai, a noite já tinha vencido a batalha e dominado todo o céu. Ele não parecia se preocupar, sentado numa pedra, o semblante tranquilo. O que eu temia desde o início aconteceu, era óbvio que aconteceria. No entanto, por mais absurdo que pareça, foi também a nossa salvação. Porque os holofotes da vila restaurada se acenderam, e o clarão nos indicou a direção a seguir. Rumaríamos de volta ao parque de diversões mais esquisito que já visitei. Nem estava tão longe assim, para dizer a verdade.

A lua se exibia redonda e bonita sobre um fundo escuro com mais estrelas do que conseguiríamos contar. A claridade tutelou nossos passos através dos escombros. Nada de ruim aconteceu, nenhum buraco, nenhum bicho, nenhuma assombração, simplesmente caminhamos de volta confortados pela noite, que trouxe consigo uma brisa fresca para amenizar o martírio. Seguimos sem trocar palavras, eu não sabia o que dizer, e todas as nossas forças tinham se exaurido. Papai também queria ir embora.

Afundei no banco do carro com uma tremenda sensação de alívio, ele nunca pareceu tão macio. Puxei todo o ar disponível ao redor, desci de volta ao chão, minha cabeça estava pesada. O fundo dos olhos latejava. Daria tudo por um copo de Coca-Cola bem gelada, era disso que eu precisava, algo que me fizesse despertar. Cada centímetro do meu corpo doía de um jeito particular. Carreguei o mundo de papai nas costas durante quanto tempo? A vida inteira. Então eu poderia ficar o resto dela sentado no banco daquele carro, e tudo estaria bem.

Papai ocupou o assento ao meu lado, esticou as pernas o máximo que pôde, baixou o vidro e ficou em silêncio, observando o passado que, mais uma vez, começava a ficar para trás.

Não liguei o ar-condicionado. Desci também o vidro do motorista e deixei que a brisa da estrada afagasse o interior do carro, enquanto nós percorríamos o caminho de volta para casa.

Segui as placas turísticas que indicavam a entrada da vila. Algumas quadras depois, demos num portal. Não havia ninguém ali, para variar; como não houve em todo o caminho. Quem teria acendido as luzes? Um sistema automático? Restava aquela fantasmagoria à qual já tinha me acostumado, na medida do possível. As plaquinhas de museu, a tinta acetinada, a grama sintética, as rampas de acesso.

O portão estava fechado. Papai se ofereceu para abrir. Desceu do carro, destravou quatro ou cinco trincos e nos pôs em liberdade.

O ar parecia menos abafado ali fora. Talvez fosse apenas o mundo real, menos claustrofóbico. Era o mesmo ar, só que diferente. Uma sensação diferente bastava para transformar tudo ao nosso redor.

Logo que cruzamos o portão, reparei na imagem que se formava no retrovisor do carro. Uma fachada iluminada, enfeitada com cartazes e dizeres. Eu não conseguia ler direito.

– Olha, papai, tem coisas escritas lá.

Ele colocou a cabeça para fora e observou com atenção enquanto a distância permitiu, franzindo a testa ao retornar ao assento. Perguntei o que diziam.

– Apenas a data de inauguração, as atrações etc. – respondeu. – E um endereço de internet. Nada especial.

Papai olhou para os joelhos sem querer abaixar demais a cabeça. A dúvida estava estampada em seu rosto. Manteve a expressão fechada durante um tempo, enquanto pensava. Suprimiu alguma informação, eu só não podia imaginar o que e por qual motivo. Não fazia diferença também, eu já estava mais do que acostumado. De qualquer modo, tudo o que eu queria era acertar o caminho e chegar em casa tão rápido quanto possível.

Na hora, nem me dei conta. Papai também não falou nada. Mas entramos e saímos da vila sem cruzar a ponte General Gentil. Sem ver o antigo quartel da Marinha. Nenhum sinal deles. Nenhuma prova de que existiam de verdade.

Ainda na estrada de terra, pouco antes do acesso à rodovia interestadual, passamos por um posto de gasolina abandonado. Pensei, não sei por qual motivo, no último veículo que ele abastecera. Tinham consciência de que se tratava do último?

As luzes do posto estavam apagadas, as janelas quebradas, o mato alto. Jazia no silêncio profundo.

– Uma pintura para a posteridade, como um quadro de Hopper – papai comentou. – O pintor dos silêncios.

Eu não saberia dizer. Só pensei que a melancolia do tal pintor tinha encontrado, naquele posto, a decadência do real.

Estive no quarto de papai. Foi no início da tarde de ontem. O gerente do asilo pediu que separasse uma roupa para enterrá-lo. Ele gostava muito de uma camisa azul marinho, presente da senhora do café com leite, mas eu poderia escolher qualquer outra que me agradasse. Tentei ser o mais breve possível, era incômodo demais invadir seu espaço e mexer nos pertences de um estranho.

Tinha uma pequena escrivaninha ao pé da cama. Encontrei ali anotações banais, afazeres, números de telefone, datas de aniversário, tarefas que ficaram incompletas e não fazem a menor diferença, no final das contas. Papai possuía também um diário de couro marrom costurado, muito bonito, seu nome em relevo na capa. Pressionei todas as folhas com o polegar e as soltei rapidamente, o leque de papel fininho não se intimidava com a responsabilidade de registrar a trajetória de um homem. A primeira anotação tinha sido feita dois anos antes, dizia que a intenção do diário era registrar lembranças dos anos que lhe restavam. A página seguinte estava em branco, assim como todas as demais, até a última.

A cama de papai estava desarrumada. O serviço de quarto não a tinha posto em ordem ainda, talvez para que eu não suspeitasse de algum furto; levam o protocolo a sério. Viriam logo, o gerente disse que aguardavam um novo hóspede. Chegaria assim que o anterior estivesse realojado. Isso ele não disse, mas eu ouvi no silêncio constrangedor que seguiu a primeira informação. O asilo ficara concorrido nos últimos tempos, as tarifas subiram, não estava fácil pagar. O mundo envelhece, eu vejo com meus próprios olhos todos os dias, logo que acordo; vejo o mundo criar rugas no espelho do banheiro, ao pentear cabelos cada vez mais pálidos e solitários.

Vi esse mesmo mundo no espelho que papai tinha na parede acima da cômoda, as olheiras profundas, a expressão consumida. Outro eu, diferente de como me imagino e de como me lembro de mim mesmo; imagem do que não desejo ver. Aproximei-me para ter certeza, a revelação se afastou como um bicho arisco. Estiquei a mão para tocá-la, ela virou o rosto.

O retrato no espelho tampouco lembrava, em absoluto, a imagem que tenho de papai. Não importa com que falsa simpatia as pessoas insistam, meus traços são diferentes dos dele, sempre foram, por que agora seriam parecidos?

Sobre a cômoda havia uma porção de porta-retratos. Uns vinte, talvez mais, era uma bonita coleção. Fotos em preto e branco, porém reveladas recentemente; o papel ainda brilhava, estava claro que não se tratava de velharias. Onde papai encontrou lugar que revelasse filme tão antigo? Eu sabia sua origem, reconheci a vila em cada uma das imagens, o cenário era sempre o mesmo. Até o estúdio de fotografias aparecia num canto, atrás de quatro mulheres jovens que posavam com o corpo rígido. Os vestidos compridos pareciam feitos de gesso, exceto pelas barras, meio nubladas, indício de uma brisa leve e quente, tal como a que eu sentira afagar minha face enquanto espiava através da janela da velha. Naquela época não se podia movimentar na frente da câmera durante um tempo razoável para não borrar a imagem, embora nem tudo pudesse ser controlado. As pessoas ficavam como estátuas, sem qualquer espontaneidade, mas o vestido tremulava ao vento, isso não tinha jeito de arrumar. Um retrato sério demais para ser legado à posteridade, meio enganador também, faz parecer que todo mundo obedecia à moral e aos bons costumes, como se diz. Que naquele tempo tudo era melhor, mais justo, mais saboroso, mais verdadeiro. Uma imagem bem arquitetada e negociada, versão manipulada do passado, apenas isso. As coisas não eram tão diferentes de hoje, ainda que tenham se transformado muito mais rápido do que os registros que sobreviveram. Preferiria que o real fosse apenas superfície, exatamente como se apresenta nas fotografias.

O fundo da cena parecia meio apagado, com o contraste prejudicado por conta da idade do filme e da tecnologia primária da câmera. Não dava para compreender direito. Era uma imagem antiga que ganhava caráter onírico, envolvida numa bruma de baixa sensibilidade. Obrigava meus olhos a complementá-la e a entendê-la como parecia mais apropriado. Eu via coisas sem saber se elas estiveram realmente ali.

Observei as quatro mulheres, sua beleza simpática e natural, que eu poderia tocar sem que se desfizesse ou manchasse de tinta a ponta de meus dedos. Eu sabia que o batalhão do Corpo de Bombeiros estava diante delas, no outro lado da rua. O fotógrafo teria montado o equipamento naquela calçada, talvez um pouco de lado para não atrapalhar a saída do caminhão, caso fosse necessária. As mulheres estavam voltadas para o galpão, com o emblema da corporação se exibindo na fachada do prédio. Era possível que vissem o caminhão estacionado lá dentro, pelo menos uma parte dele, bem perto da parede, logo abaixo da janela de vidro do escritório que ficava no mezanino, onde um sujeito gorducho suava no uniforme e preenchia relatórios com burocracias, seus gestos muito monótonos. Nada disso aparecia na foto, a composição estava às costas do fotógrafo. O mundo inteiro teve que ficar fora da cena, com exceção daquelas modelos retratadas. Apenas eu podia ver o restante. Eu e as mulheres da foto.

Outro porta-retratos exibia crianças em uniforme escolar azul escuro. Eu sabia que era azul, jamais esquecerei o tom. Uma turma inteira organizada em três fileiras de alturas diferentes, fotografada junto com a professora. Não reconheci ninguém ali. Faziam parte da história de papai, não da minha. Ele próprio podia ser uma daquelas crianças, quem sabe? Eu não tinha como adivinhar, jamais vi fotografias de sua infância. Apertei os olhos, tentando descobrir se aquela professora granulada e pálida seria a mesma pessoa que encontrei depois, cega e transtornada, no passado abandonado da vila. Impossível saber, os anos a modificaram demais; o tempo bate forte.

Enquanto percorria a imagem, percebi um menino que me devolvia o olhar. Quem seria esse que me encarava com tamanha curiosidade? Um menino que provavelmente já tinha falecido e sido sepultado, que não existia mais exceto em registros como a fotografia, mas que me convocava a vê-lo e a pensar nele. Qual seria o seu nome? Como teria sido a sua vida? Qual era seu prato favorito? Amou alguém um dia? Qual foi o momento mais feliz?

O menino seria meu pai? Claro que era essa a pergunta escondida entre todas as demais. Seria papai um desconhecido qualquer? No cinema, ninguém olha para a câmera nem encara o espectador daquele jeito incisivo para não correr o risco de que o efeito de real se desfaça e revele todo o aparato inventado para nos iludir.

Que ficção é essa que vivo hoje? O menino da fotografia olhou diretamente para a câmera, seu olhar atravessou a lente, atravessou o tempo e a mim mesmo, parado naquele quarto, no lado real do espelho. Ganhou vida. Tinha consciência do que estava para acontecer? De que o instante do clique o levaria tão longe? A fotografia é um objeto, mas a imagem não é, não tem corpo, não tem presença física. Como essa inconsistência pode provar que alguém de fato existiu e esteve onde eu o vejo?

Não reconheci papai, minha avó ou vovô em nenhuma foto. Não reconheci ninguém, na verdade. Tampouco saberia dizer se ele identificara alguma figura do seu passado, não tivemos oportunidade de conversar sobre o assunto. Suponho que sim, os porta-retratos não estariam ali à toa. Prefiro acreditar nisso. Não gostaria de saber que papai os exibia para simular a própria história. Imagens recuperam lembranças. Trazem de volta cheiros, sensações, piadas, acontecimentos; riscam um traço numa folha em branco e a gente imagina o desenho completo. A gente vê o desenho, por mais que a folha permaneça branca. Ou será que não? Será que a fotografia reduz todo o passado a uma cena? Corrompe as lembranças, apaga o antes e o depois quando revela seu presente eterno? Transforma a experiência de toda uma vida num traçado sobre papel? Será que a fotografia é uma lembrança ou apenas um refúgio ilusório, papai?

São as lembranças que reinventam as imagens, dando a elas formas e significados que não existiam a princípio. Isso me confunde, não sei dizer o que aconteceu de verdade e o que foi inventado por um cérebro ávido por realismo, por sentido, por uma existência justificada. Um cérebro nutrido por narrativas concretas. Isso me incomoda horrores, faz eu me dar conta de que papai está incorporado em mim, que teria me deixado um legado inconsciente. Sugere que a sua mania de aumentar as coisas e acreditar piamente nelas teria alguma razão de ser, de transformar a vida real numa grande ficção em que fatos e fotos são inventados por mera irresponsabilidade. Nada disso. Quero esclarecer que reconheci apenas a vila, e ponto final. É tudo o que posso afirmar. Eram fotos de outra época, de outras pessoas, outro mundo.

Concordo que, quando estivemos lá, a vila parecia a mesma, como se o tempo não tivesse corrido. Mas eu sabia que não passava de um cenário de proporções absurdas, fruto de um empreendimento imobiliário megalomaníaco. O contorcionista estava certo, tinham feito um trabalho fantástico. Essa é a palavra certa, fantástico.

Não havia nenhuma foto minha. Nem de minha mãe. Por quê? Talvez papai tivesse se transferido de uma vez por todas ao passado, quando era mais feliz, quando não precisava reprimir o sofrimento pela morte prematura da esposa, pois ainda nem a teria conhecido. Quando não precisava se preocupar com finanças, se é que ele se lembrava dessa época de despojamento. Quando o filho, que cismara em vir ao mundo na hora errada, sequer lhe passava pela cabeça. Quando o leque de possibilidades era maior e mais promissor.

Eu também queria fazer algo do tipo, quem não gostaria de selecionar as melhores fotos da vida e excluir todas as desagradáveis? Só que recortar não basta. Apagar, excluir, esconder, nada disso basta. Nem a amnésia é forte o suficiente. A vida está tatuada em meu corpo inteiro, centímetro por centímetro, marcada com tinta e dor permanentes. Ela está ali para desmentir qualquer desvario da memória. Vejo as cicatrizes, lamento cada uma delas no espelho, mesmo aquelas que os olhos não alcançam. Não adianta ignorar papai, sou sangue do seu sangue, sou assustadoramente parecido com ele, por mais que tente reprimir. Ainda que drenasse todos os litros de papai que correm em minhas veias, elas produziriam mais do mesmo sangue e do mesmo conflito. Não imagino como poderia renegá-lo. Não tem jeito, já tentei por muito tempo, posso apenas arrastá-lo adiante.

    O contrário seria possível? Papai pôde me ignorar? Chegou a tamanha indiferença? Ele não tinha nenhuma foto minha, mas me descreveu aos seus amigos, foi o que disse a senhora do café com leite. Ela me reconheceu pelo que papai contou. Tenho receio de saber o que ele falava de mim, a pessoa que inventava e que responderia pelo mesmo nome que eu. Quem eu era para ele, como ele me via? Se medíssemos a distância entre o que sou de verdade e a maneira como papai me retratava, daria uma volta ao mundo. Ele deveria me imaginar conforme lhe convinha, assim como imaginava todo o restante. Eu era parte da sua ficção, um personagem coadjuvante. Se já sou diferente da maneira como concebo a mim mesmo, imagine a figura deturpada que papai inventava. Tenho medo de saber. Medo de considerar as hipóteses. Eu não reconheceria nada de mim naquele retrato, seria simplesmente inexato.

    Enfim, talvez a namoradinha de papai só quisesse parecer simpática.

Não pensei em retirar as fotos dos porta-retratos para procurar legendas no verso. É uma pena, talvez tivessem nomes e lugares especificados. Podia ser que significassem alguma coisa, no final das contas. A oportunidade passou, deixei as fotos onde estavam, sabe-se lá que destino encontraram. Tampouco encontrei os negativos que deram origem a elas. Eu sequer os procurei, larguei tudo intato.

Negativos são como eu e papai, no escuro sobra clareza, na luz só existe obscuridade. A olhos nus, suas imagens contrárias teriam algo novo a revelar?

Procurei a camisa azul marinho que o gerente do asilo indicou, era o mínimo que poderia fazer por ele. Não foi difícil, estava bem por cima, na segunda gaveta. Escolhi uma calça que combinasse. Uma calça cáqui. Ficaria bom assim, descompromissado como papai sempre fora.

    Estava na hora. Antes de sair, dei uma última olhada no lugar. Foi só então que reparei nele. Voltei ao mancebo, escondido no canto do quarto, ao lado da cômoda. Retirei a única peça pendurada ali, um velho chapéu panamá.

O amigo de papai sorri e diz:
— Achei mesmo esquisito ver seu pai segurando um chapéu em vez de flores, nunca tinha visto ninguém ser velado assim. Nem me lembro de ver seu pai usando chapéu.
— Pensei que ele gostaria. Foi a única maneira que encontrei de me despedir.

A única maneira de dizer que entendo, eu penso, mas permaneço calado. Ainda bem que reprimo a voz, porque não é verdade e não gosto de mal-entendidos. Eu ainda não entendo nada, apenas aceito melhor.

O amigo de papai balança a cabeça, compreensivo. Foi sua única reação, ele somente concordou comigo. Não contou nada, não perguntou nem explicou nada, apenas concordou. Acabo me sentido um tolo, como se precisasse desabafar com um velho patético daquele.

Acontece que, depois daquela viagem, preferi fingir que nada aconteceu. Não quis retomar o assunto, foi uma decisão de ambos. Não mereço toda a culpa nem quero ser julgado injustamente pelo que sinto, pelo que fiz ou pelo que deixei de fazer. Os outros não têm como compreender, o senso-comum não se aplica a essas coisas, a moral não basta. A lei dos homens não prevê esse tipo de crime. É simples, eu só não quis levantar de novo a poeira que custou tanto a baixar.

Durante um tempo, fingi que papai não existia, assim como tudo o que estava relacionado a ele. Assumi vida própria de uma vez por todas, quis resolver meus problemas como achava que deveria ser; não tive coragem de tomar essa decisão, então ela foi tomada por mim. Varri o passado para fora de casa, dei duas voltas na fechadura e não me preocupei nem mesmo quando vinha bater à porta, ainda que fosse a atitude mais estúpida a se tomar. Porque a poeira do passado é fina, ela espreita por todas as frestas, atravessa grades e janelas e todos os sistemas de segurança que se pode contratar, fica incrustada em tudo o que é material, que tem potencial para trazê-lo de volta à memória. É óbvio que nenhum esforço adiantou. A cada vez que eu virava as costas, a poeira invadia a casa pelo vão debaixo da porta, pelos poros da parede, pelo espaço entre um vidro da janela e outro, tão estreito que nem mesmo a água da chuva consegue penetrar. O passado consegue. A cada vez que eu lhe dava as costas, ele reaparecia do outro lado; a cada vez que eu fechava os olhos, ele se materializava no escuro da minha ignorância.

Papai reapareceu hoje. Veio com uma das suas histórias mirabolantes. Fazia tempo que não contava essa. Aliás, andava sumido.

Reaparece há anos, toda vez que me vejo numa situação duvidosa. É o primeiro a dar as caras. Uma década? Talvez mais, não me lembro ao certo, passa rápido. Já não importa também. É quase agradável, para dizer a verdade. Sei que ele virá, então eu o aguardo e o aceito.

Achei que papai me deixaria em paz. Ingenuidade minha, não se enterra o passado, ele não falece como todas as outras coisas, é ele quem enterra todos nós. O passado é o que existe de verdade, é a única coisa que resta.

Não se enterra a memória, é imensa, sete palmos não bastam. Ela continuará presente mesmo quando nós já não estivermos mais. A memória impregnada nas coisas, encarnada nos sobreviventes, imperceptível nos hábitos. Aos poucos, fui me entendendo melhor com o que restou de papai, fizemos as pazes. Não para ter um final feliz, não é disso que se trata, nem poderia. Não dou a mínima. Aconteceu assim porque era o que me cabia, eu podia carregar uma sina ou outra, escolhi essa.

Meu pai me ofereceu muitas imagens de si até sua morte. Qual eu guardarei, qual passarei adiante? A imagem das suas horas derradeiras? Ou recuarei no tempo em busca de imagem mais juvenil, como a fotografia do menino sobre a cômoda do asilo? Que legado é esse? Como assumir essa responsabilidade? Vejo que sua figura não cessa de evoluir: ela caminha ao meu lado e se transforma comigo.

Penso hoje em papai. De novo, lembro-me dele. Agora um pouco diferente, papai vai se modificando com os anos, ganha novas facetas, expressões, presenças. Sempre um novo homem.

Penso nele hoje. Por quê?

Agradecimentos

Eu deveria escrever o relatório para o exame de qualificação do meu mestrado, mas fiquei a maior parte do tempo finalizando uma das versões deste romance. Isso foi em 2012, e eu já trabalhava no livro desde meados de 2009. De lá para cá, muitas coisas aconteceram, e diversas pessoas e até mesmo instituições estiveram ligadas a ele, seja porque leram o manuscrito, seja porque me ofereceram apoio para seguir em frente. Mesmo com o risco de esquecer alguns nomes, não posso deixar de agradecer a: Alex Xavier, Casa das Rosas, Cíntia Moscovich, Coletivo Discórdia, Curso Livre de Preparação do Escritor, Edi Rocha, Editora Reformatório, Felipe Góes, Guilherme Damiani Faria, Henrique Rodrigues, Juliana Livero Andrucioli, Juliana Pereira, Luiz Antonio de Assis Brasil, Marcela de Andrade Barbosa, Marcelo Maluf, Marcelo Nocelli, Marcio Garcia, Prêmio Sesc de Literatura, Programa Nascente USP, Raimundo Lopes e Veronica Stigger. Deixo também um agradecimento especial à Supervisão de Fomento às Artes, da Secretaria Municipal de Cultura de São Paulo, cujo suporte a esta publicação foi uma honra e também um alívio, e à minha família, que fez a espera valer a pena.

Esta obra foi composta em Fairfiled LT e impressa em papel polen soft 80 g/m², para editora Reformatório em setembro de 2019.